LE TRE VALLI DELLA SICILIA

GAETANO SANGIORGIO

PARDO

STORIA DI VAL MAZZARA.
3

«Purchè tu il voglia la catena è infranta

Del tuo martiro.........»

Alberto Buscaino Campo.

I.

Sutera, 4 aprile 1860.

«La congiura è scoperta, m'è dunque forza fuggire. Ma lascio la mia Sutera non per viltà, non per codarda e vigliacca paura; ritornerò in giorni migliori, e allora grideremo a viso scoperto: Viva Italia! Frattanto ti lego la salute di questo borgo; non faccio di esso un Vigliena, eppure so di poter dire che molti patrioti l'onorano. Distruggi le cifre e segreto.»

Questa lettera scriveva nella sera di quel dì Pardo di Sutera a Bino di Mussomeli, e il giovane Fuoco a mezzanotte la recava. Pardo accompagnollo sino al ponte sul Platani e là accommiatandolo gli disse:

- Ricordati, o Fuoco, del povero esule. Domattina avrò lasciata la valle, ma ora, e sempre, sta saldo alla fede giurata. Più presto che tu non pensi mi rivedrai.

- Addio dunque, mio Pardo: ora e sempre sarò congiurato.

- Addio!

E mentre Fuoco scompariva entro la bruna callaia del monte, Pardo ritornava a passi veloci a Sutera.

Ma Buscemo, il traditore, aveva di lontano scorto Fuoco, e in cuor suo meditato di perderlo. Epperò appena Pardo fu rientrato nel villaggio, si calò con prestezza dalla rupe, sulla quale era celato, e correndo a tutta lena attraverso sentieruzzi e bistorti viottoli passò innanzi al messaggiero e raggiunse Mussomeli che appena spuntava l'alba. Ansante e trafelato superò la costa che sta tra il torrente e il paese, e quivi rifatto il respiro chiese del capo delle guardie del Re e mosse alla volta del suo alloggio.

Buscemo era uomo tra il vecchio e la mezza età, di persona ritta e tarchiata, calvo e senza barba, cogli occhi infossati e splendenti di luce sinistra, di portamento plebeo e maligno. Astuto e di malanimo, aveva venduti i segreti della congiura per pochi ducati e per bassi odii nutriti da istinti bassissimi, e fatto audace dal delitto avrebbe accusato il padre per lusinga di premi ed onori. Vile e perverso, credeva solo nell'oro, e cieco d'avarizia e lussuria, fidava nell'onnipotenza della servitù per la quale sacrificava onore e patria.

Tosto il chiamato apparve. Altero nel portamento, dignitoso nei moti, acuto nel discorso, il capitano mostrava animo ben maggiore all'ufficio commessogli; e di un sol sguardo misurato Buscemo capì che aveva a fare con un farabutto.

- Capitano... leal servo del Re, mi tengo in dovere d'avvisarvi che uno dei noti rivoluzionari di Sutera sta in cammino a questa volta...

- Ha oltrepassata Acquaviva?

- Non so. Pur lo credo! Pigliatelo, capitano, temo sia latore di serie carte...

- Appartenete alla Sorveglianza di colaggiù?

- No... cioè... capitano, da fedel suddito... amico dell'ordine... la tranquillità...

- Ho capito, ho capito... quali promesse...?!

- No, no, mio capitano... l'ossequio mio per l'autorità...

- Il vostro nome?...

- Buscemo Stampace.

Il soldato scosse il campanello, e un gendarme entrò.

- Tenete custodito costui sino al mio ritorno... alle guardie date l'allarme...--e, salutato gravemente Stampace, uscì.

Bino stava chiuso segnando lettere per la provincia, allorchè poco dopo questo dialogo si battè alla di lui porta. Appena si vide interrotto nascose un gran fascio di esse entro un vano coperto da stuoia, e levatosi aprì. Introdotto il visitatore, Bino serrò a chiavistello, e precedendo lo invitò a sedere in una dulie due seggiole che fiancheggiavano lo scrittoio.

- Perchè sì presto?

- Oh Bino... grave pericolo vi minaccia... la congiura è scoperta... e lo spione si chiama Buscemo Stampace.

- Buscemo?!... impossibile, Orlando!...

- Così è... il traditore è guardato da' miei gendarmi... fra un'ora, o Bino, dovrei eseguire i comandi del Re... lasciate la valle... e raggiungete, se sta in vostro potere, maestro Pardo...

- Dunque, Pardo?!...

- Avvisato sin da ieri, sta mettendosi in salvo...

- Oh quanto vi dobbiamo, Orlando!... forse un dì...

- Presto... sì, Bino... presto assai!

- Lascerò dunque il mio paese?

- O la fuga... o il carcere!

- Addio, capitano!

- Coraggio, Bino!

Si strinsero con affettuosa tenerezza la mano e si separarono.

Il cospiratore uscì dal salotto e salì le scale, il capitano si calò il berretto sugli occhi e ritornò al quartiere.

Buscemo gli mosse incontro pauroso e insieme confidente, e siccome gli occhi d'Orlando lampeggiavano per gioia mal sopita, soffregossi tripudiando le mani e gridò:

- ...Preso?

- Sì, Stampace. Prima di sera partirà sotto buona scorta per Corleone.

- ...E là?...

- Il comandante lo condannerà... o che temete, amico mio? la giustizia scoprirà il resto. A voi intanto penserò io stesso.

- Capitano... accettate i miei servigi...

- Ora e sempre... n'è vero Buscemo?

L'iniquo rabbrividì, ed alzò gli sguardi in viso al gendarme. Ma questo, immobile, tenne fissi i suoi negli occhi di lui, nel mentre un sorriso gelato e sprezzante gli errò sulle labbra ghiacciando il sangue in cuore al delatore.

Stampace, avvilito e tremante, volse le spalle all'uffiziale e s'allontanò.

Fuoco frattanto, spesseggiando i passi e sempre pensando al fatale destino, arrivò. Giunto innanzi all'umile dimora di Bino, pose piede nel piccolo atrio, e stava per proceder oltre allorchè lo stesso ospite apparve. Si riconobbero tosto, e gettatisi l'un nelle braccia dell'altro, quasichè si fossero già confidati paure e segreti, sclamarono insieme:--Povero Fuoco!--Povero Bino!

Fuoco trasse dal giustacuore lo scritto di Pardo e lo presentò all'amico, ma Bino senza nemmen leggerlo strinse con fratellevole violenza la mano del giovane e disse:

- Lo so Fuoco. Tutto è scoperto, e or appunto mi porrò in salvo.

- Sapete tutto?...

- Tutto, tutto. Seguimi; piglieremo i sentieri di monte Ficazzo, e prima di notte caleremo per la china di Vallelunga.

- E come passare inosservati nel borgo?

- Non temere, Fuoco mio. Abbiamo un amico anco fra i gendarmi. Ci vedesse, alzerebbe gli occhi e piglierebbe altra via.

- Allora, o Bino, partiamo.

- Eccomi!

Ridiscesero la gran via, e giunti sul piazzale del convento viddero che già era aperto il mercato e molte guardie tenevano l'ordine. Sorpresi e dubitosi si nascosero fra l'ombre delle ultime arcate del portico e di là gettarono uno sguardo lungo ed ardente sulla bella scena che lor davanti si spiegava. Era un va e vieni bizzarro e multiforme; bovari, mulattieri, pecorai, cantastorie, montanine, merciaiuoli, girandoli, uomini e donne d'ogni aspetto e d'ogni colore, si mescevano, si confondevano, si salutavano, partivano, arrivavano; era un susurrìo vago e indistinto, un bisbiglio or alto or fioco, ma continuo; attraente spettacolo, che avrebbe messo il riso sulle labbra e a Nino e a Fuoco, se contrari affetti non tempestavan nel cuore. Pur con indicibile commozione mirarono quel largo lor noto, quella stretta per la quale sovente eran passati, quella gradinata bianca e maestosa, quel portico sotto cui spesso all'imperversar della pioggia riparavano, quell'ampiezza di cielo che s'apriva nell'alto, quelle brune montagne che chiudevano tutt'intorno l'orizzonte!

- Su, su, Fuoco. Usciamo dal portico e pigliamo il viale... questi sollazzi non son più per noi... a che dunque invidiarli?

- Dite bene, Bino. Più a lungo restiam qui maggior doglia ne avremo.

- Seguimi!

E i due fuggitivi a passi concitati partirono.

Se non che un lontano e vago rumore, il quale accresceva e s'avvicinava soffermolli. A guisa della bufera, che sbucando dai monti, segnala il suo arrivo col cupo rimbombo dei tuoni ripetuti e ripercossi dagli echi prolungati e rischiara le tenebre addensate col guizzo replicato dei lampi, quel rumore andava vieppiù aumentando, s'allargava, si faceva distinto e vivo, e qui e là interrotto da spari improvvisi ricordava le sommosse di popolo inferocito ed assetato di sangue. Un urlo di trionfo d'un tratto scoppiò, e poco dopo il cozzo incomposto dell'armi colpì chiaro e sonoro le orecchie di Fuoco e Bino. E nell'istante medesimo Cletto di Villalba sbucava dal viale al grido di: Viva la patria!

Allora appunto Pardo abbandonava Sutera. Abbigliato da viaggio, colla fedel carabina ad armacollo, col valigiotto sospeso qual zaino alle spalle, egli ai primi albori uscì dalla casa e per via rimota raggiunse il fiume. Ed allorchè si fu messo sul sentiero che lo costeggia voltosi alla giovin donna che lo seguiva, così abbracciandola singhiozzò:

- Ritorna al paese Iza ed abbi cura della vecchia Rosalia. Non guardarmi sì mesta... mi fai piangere.... suvvia, cara, lasciami. Fra non molto rivedrò questi monti... ed allora, oh sì, Iza, grande, assai grande, sarà la mia gioia nel baciarti! Vattene, riedi a Sutera.

- Oh Pardo!... le lagrime mi fanno intoppo... qui... Oh, addio, ritorna presto... e dovunque ti celi ricordati della sposa...

- Oh Iza, e come potrei scordarti?

- Pardo, Pardo, addio!

- Iza, Iza, addio, addio!

E fatti muti dal dolore, i giovani sposi si baciarono ancora una volta, mestamente sorrisero, e quasi di fuga s'allontanarono.

Pardo la seguì coll'occhio sino a che fu scomparsa su per l'erta della montagna, e dato uno sguardo lagrimoso alla sua terra diletta, a quella povera valle in cui suo padre, la madre sua, un amato fratello eran morti, e che ospitava bella e solinga la pura sua Iza, affrettò i passi e colla tempesta nel cuore scese sino al pian d'Aragona, e sempre costeggiando il Platani si diresse alla volta di Felice. Il fiume gonfiato dagli acquazzoni che pochi dì avanti avevano fradicie le vette di Casteltermini e Prizzi, rumoreggiava spumeggiante e rotto fra i massi e le frane, e quel sordo e cupo muggito dell'onde impetuose accresceva d'assai la tristezza del fuggiasco e gli metteva in cuore la rabbia della sventura. Pardo fissava con occhi paurosi il precipizio che s'apriva a lui daccanto, e neppur la bella e lussureggiante vaghezza dei pendii che dal Cammarata andava morendo giù giù sino a Ribera gli apriva l'animo a sentimenti di pace e perdono: piangeva, e del suo pianto vergognava!

- Povera patria,--diceva a sè stesso--Povera Sicilia! E dunque le ire di Maniscalco ti terranno sempre la speranza? che abbino ad esser per te fatali come le maledizioni dello sgozzato? E come mai egli scoprì?!... nessuno, nessuno ci può aver scoperti!... fosse Enzo?... oh no, il mio sospetto è calunnioso!... Arnoldo?... neppure! buon Arnoldo, perdona all'amico straziato il solo dubbio!... dunque, dunque chi?... Avesse Iza parlato?... oh no, Iza... giammai! sciagurato ch'io sono a sospettare di te!... dunque? sempre questo dunque?!... Cletto? quel cuor generoso, quell'animo di fuoco?.. Ah, eccolo, eccolo... è Lapo... sì, è lui!... infame! ci ha venduti?! e quant'oro t'ha promesso il manigoldo? Lapo, Lapo, trema!... e se non fosse lui?... se nessuno avesse tradita la congiura? in Palermo, in Alicata... in Caltanisetta... qualcuno avrà messo a repentaglio il segreto della trama... no, non è possibile... è Lapo che ci ha venduti! Lapo, Lapo, trema!--E Pardo fremeva di sdegno... poveretto; nemmanco pensava al vero iniquo!

Camminava, camminava, ed ai ricordi di patria e libertà si mischiavano i nomi d'Iza e Sutera. Soffriva davvero, e cacciato da pensieri tanto angosciosi, il suo passo era incerto e febbrile; divorava la via e le Madonie vieppiù si perdevano nel lontano orizzonte. Ma il sole già alto aveva spossate le forze di Pardo;sudato e stanco non avrebbe toccato il lido che a sera, epperò si gettò supino appiè d'un albero enorme e presto s'addormentò.

Che giova dirti, o lettore, quali strani sogni, quali orribili casi gli si dipingessero nella fantasia? Tutti si fanno beati di narrar fantasmi e ubbie, io invece passerò oltre e lascierò che Pardo gusti quel poco riposo. Tre ore dormì, e forse più a lungo avrebbe dormito se lo scalpito sonoro di un cavallo non lo svegliava. Si rizzò e con moto involontario pose mano alla carabina; ma rasserenossi allo scorgere che il nuovo viandante eragli conosciuto. eragli anzi amico.

- Diego!--esclamò, e avanzandosi nel mezzo della strada gli fece cenno s'arrestasse.

- Tu Pardo, qui?

- Sì, Diego, vo in salvo.

- Fuggi?... ma non sai dunque la gran novella?

- No.

- Palermo stanotte è insorta. A Piana, a Monreale, i patrioti stan cacciando la sbirraglia... certo a quest'ora gli spari echeggiano fra le valli delle Madonie... Trapani e Salemi forse hanno imitata la capitale... la rivoluzione sta scoppiando ovunque... e tu fuggi?

- Oh vittoria! Diego, Diego, mi ridoni la vita!

- Orsù, Pardo, benchè fossi diretto a Cattolica, rifarò la mia via. Sali in groppa e fra due ore siamo a Sutera.

- Diego mio... grazie, grazie... oh qual gioia!

- Suvvia, monta qui.

E il cavallo punto dagli sproni, risalì di corsa l'erta, sollevando un nembo di polvere.

Suonavano cinque ore dopo mezzodì alla torre di Sutera allorchè l'ansante animale arrivò. Gran turba di popolani circondò Diego e riconosciuto nel travestito il lor Pardo, tutti ad una voce gridarono: Viva Pardo! Viva Pardo! E con essi una donna, la quale si precipitò nelle braccia dell'acclamato; Iza ribaciava il suo sposo.

- All'armi! all'armi! tonò Pardo, e dato l'amplesso d'addio ad Iza, sfoderò la spada; poi strappata di pugno ad un navichiero la bandiera tricolore, si avviò correndo alla piazza e là sventolandola ripetè ad alta voce:

- All'armi! all'armi!

- All'armi! all'armi! rispose la turba, e più di cento gli s'affollarono intorno, con zagaglie e falci alcuni, altri con schioppi e pistoni, pochi con carabine. Animati da spirito battagliero, eccitati dall'annunzio della nuova libertà, scossi dalle parole ardenti dei patrioti, quei montanari bramavan davvero di misurarsi col nemico; epperò al grido di guerra di Pardo si serrarono in colonna e sfilarono. Lo sposo d'Iza e Diego misersi a guida dei Suterani, e salutati i vecchi e le donne lasciarono il paese alla volta di Acquaviva. Quella brigata di montanari, veduta da lungi, avrebbe stupito l'osservatore; perocchè il luccicare delle armi ai raggi del sole scendente e il canto marziale degli inni mettevano in cuore un tripudio tutto nuovo, indefinibile. Camminavano allegri, e su quelle fronti abbrunate brillava la gioia e si specchiava il proposito fermo di vincere o morire. Baldi e spediti, serravano al petto con militare letizia le povere armi che loro era fatto portare, ed un sorriso di benevolo plauso sarebbe spuntato sulle labbra del mio lettore nello scorgere i dieci o quindici provvisti di carabina pulirlo marciando, spazzarne l'anima, nettarne il focone, caricarla, metterne il cane a mezzo punto, aggiustar ai fianchi la palliniera. Ed anco gli altri davano occhiate agli arnesi, apprestandoli e passandoli al più vicino commilitone in esame. Era proprio il coraggio italiano che li animava; e lo stesso Pardo, cacciatore provato, d'animo bellicoso, uso alle fatiche e alle lotte, ne inorgoglì;... giovani tutti, infiammati dal sacro amor di patria, desiosi di quella libertà per la quale avevano cospirato e sofferto, incoraggiati dai baci e dagli evviva, mescevano speranze e conforti, auguravano insieme alla lor terra ed ai confratelli felicità e gaudio!

- Oh Diego--dopo lungo silenzio disse Pardo all'amico--oh Diego, fra poco saremo alle mani cogli oppressori. Il tuo annuncio mi ha sollevato; ora spero!

- Non credo che Mussomeli sia ancor tenuto dai regi. Cletto stamane li ha cacciati.... e i gendarmi eran quaranta.

- E pensi abbian sloggiato? si saranno serrati nella torre.

- La quale è comandata....

- Da Orlando.... ma anche a lui non è dato scoprirsi ad una numerosa brigata di sgherri!

- Orlando è audace. Avrà resa la torre....

- A dispetto dei soldati?!.... a quest'ora sarebbe morto.

- E Cletto avrebbe potuto rimaner inerte spettatore dello strazio d'un fratello?....

- Cletto non sa che Orlando è dei nostri.

- Dunque?...--insiste Diego commosso--dunque?

- Ne sarà nato uno scontro e noi giungeremo opportuni a finirlo.

- E se il capitano è morto?

- Non ha Italia l'albo dei martiri?--e queste parole Pardo pronunziò in tuono solenne e in atto di convinzione profonda.

Ambedue tacquero, e per alcuni istanti non s'udì che il grave passo del drappello. Ma di lì a poco due fra i seguaci ruppero il monotono silenzio e parlarono assai rapidamente questo dialogo:

- Senti, Sandro, credi che la vittoria sarà nostra?

- Che dici, Maso, hai paura?

- No, non temo... abbiamo a capo Pardo, lui...

- Lui sì bravo, sì valente...

- Ardito e prode, ci condurrà a certo trionfo... non sai quanto valga il nostro Pardo... tre anni or sono... te ne ricordi?

- O che, Maso, pensi che non m'abbia memoria? L'amico Pasquale fu liberato...

- I gendarmi ebber la peggio...

- Lasciaron due morti... e si nascosero su quel di monte Puccio. Pardo tambussò per quattro...

- E quel che più monta inspirò coraggio a noi... e ci diresse bene.

- Animo, compagni... gridava lui... animo... salviamo l'amico!

- Pardo sarà sempre il nostro capo; anche quei di Villalba e Castronuovo eleggeranno lui!... tutti lo sanno bravo.

- Viva Pardo!

- Si, viva il nostro capo--disse forte Maso--Viva!

- Anche voi fidate in Pardo?--interruppe un terzo.

- Senza dubbio, Ascenso, nessuno in Sutera merita più di Pardo la nostra fiducia...

- Non in Sutera soltanto... anche a Cammarata... a Termini, nella valle... l'ho sentito lodare... e ne godevo come d'elogio fatto a me stesso.

- Nell'inverno passato a me mancò il grano e Pardo me lo donò.

- Ed a me rifornì il casale.

- Alla mia vecchia mamma... lo sapete Maso?... regalò coltri e lenzuola...

- Tutti nella valle lo amano e lo salutano.

- Con lui vinceremo.

- Dovremo a Pardo la libertà delle Madonie.

- Viva Pardo!

- Viva!--gridarono tutti. Viva! ripetè senz'altro Diego. Pardo (chi nol sapesse) non era facile agli improvvisi entusiasmi, per il che all'osanna de' suoi rispose:--Amici, grideremo viva sull'orme del tiranno... allora soltanto! oggi fa d'uopo ordine e coraggio.

- Coraggio! coraggio!

V.

Dalle vette eccelse di monte Puccio sorgeva il sole colla sua corona di fuoco a diffondere la luce dorata de' raggi sui boschi e sui vigneti. Irradiati da quel sublime splendore i ruscelli brillavano serpeggianti fra i prati verde-biancastri smaltati dall'armonico velo dei fiorellini azzurri e gialli, e gli uccelletti svegliati dal leggier fruscio delle foglie agitate dalla brezza del mattino volavano liberi e garruli nell'aria tepida per poi posarsi festanti sulle cime degli alberi più alti. Era la natura che, riposata nella pace della notte, si risvegliava e ritornava per l'influsso arcano del disco fondatore alla vita del dì; erano i figliuoli della terra che col cessar delle tenebre cessavano dal sonno, e uniti in poetica concordia innalzavano il saluto degli effluvi e dei canti. Era proprio la primavera, col rigoglio della gioventù, colla bellezza del cielo e del creato, col balsamo degli zefiri delle montagne; e là fra i reconditi Apennini della ferace Sicilia il mattino d'aprile rinnova davvero i colori alle piante, il miele alle acque, le forze all'uomo!

Sulla piazza di Cammarata bivaccava un battaglione di soldati che Salzano avea spedito per tener tranquilla la provincia. Levate le tende di buon'ora, la truppa girandolava intorno ai fasci delle armi, e gli uffiziali ciarlavano raccolti in crocchio nell'atrio del palazzo del Comune.

D'architettura severa e massiccia, vasto, annerito dall'età e dalle pioggie, quel palazzo metteva in animo un tal quale ribrezzo che incuteva e spauriva; avanzo grandioso dei tempi feudali ricordava le gesta splendide insieme ed inique dei duchi e dei re angioini ed aragonesi; triste monumento di anni troppo celebrati, illustri per sciagure ed infamie. Quel palazzo rammentava l'esosa boria dei forti e i vigliacchi fremiti degli oppressi; quelle arcate maestose e cupe, quelle volte polverose, quelle lunghe pareti sulle quali erano dipinti i fasti dei signori, ritornavano al pensiero la servitù della plebe avvilita, l'audacia dei protetti, la millanteria dei bravazzi, l'ignoranza superba dei fortunati, la dispotica inviolabilità dei frati e dei conventi, la partigiana indipendenza del clero.

In una sala a pian terreno, che dava sul giardino, passeggiava a lunghi passi il maggiore, e ritta presso la porta del cortile stava la guardia. Era il maggiore un tal Frazitto di Marsala, uno dei pochi isolani che tenessero alti posti nell'esercito del re di Napoli. Più birro che soldato, il Frazitto ubbidiva ciecamente ai comandi dei capi, e servo dei gigli aveva rinnegata la bandiera nazionale non per odio ma per viltà; liberticida senza saperlo, egli seguiva con scrupolosa devozione la sorte di chi lo pagava. Il sovrano non aveva più devoto suddito di quello, e con croci e danaro ricompensava le sevizie al paese nativo. Frazitto era amato dagli uomini della reggia, e specialmente raccomandato a Salzano godeva distinzioni e privilegi. Il visire di Palermo, certo della fedeltà del cagnotto, lo aveva quindi designato a custode dell'ordine in val di Platani ed investito della massima autorità, imponendo ad ognuno che lui riconoscessero per capo ed obbedissero. Teneva spiegata fra mani una carta, ma non leggeva: l'avviso dello scoppio della rivoluzione gli aveva cacciato il demonio nelle vene e nella fantasia pigliavan forma e corpo le più strane idee di sangue e vendetta. Meditava, fremeva, e assai tempo sarebbe rimasto in preda a quella febbre di rabbia e impotenza se un gridìo improvviso non l'avesse scosso ed un uffiziale non si fosse allora appunto precipitato nella sala. Si rivolse brusco brusco, e ficcando negli occhi dell'apparso due sguardi smarriti, balbettò:

- Altre novità?!

- Pur troppo, maggiore; Vallelunga, Villalba, i pecorai di monte Ficazzo... sono insorti stanotte.

- Insorti?... e le armi?... e i capi?...

- Le armi eran giunte di nascosto da Girgenti... loro capo è Cletto Navarro.

- Cletto?...

- Sì, maggiore.

- Maledizione! tutto a rovescio! oh foss'io il monarca!

- Maggiore...

- Che volete, tenente?

- Attendo gli ordini.

- Comandate la raccolta... fra mezz'ora... a Villalba.

Frazitto, allorchè l'uffiziale fu lontano, gettò la carta in atto di dispetto, e tolta rabbiosamente dalla tavola la spada se la cinse percuotendola sull'ammattonato. Trasse poi dalle borse le pistole, le sgrillettò, caricolle e riposele. Indi rivolto alla guardia, ordinò che gli sellasse il cavallo, ed uscì.

Al suo comparire i tamburri rullarono, squillarono le trombe. I soldati al segno circondarono i fasci, e riprese le armi, si disposero in fila. I capitani li ordinarono in colonna e sguainate le sciabole salutarono la bandiera.

Poco dopo il maggiore salì a cavallo, e postosi alla testa della truppa, lasciò la piazza e calò alla volta del fiume. Ma Frazitto non aveva ancora percorsa l'ultima via di Cammarata, che un uomo tutto polveroso e sudato gli gridò fermandolo collo smaniar dei cenni:

- Maggiore, Cletto Navarro è a Mussomeli... la mischia vi è impegnata... correte all'aiuto...

Quell'uomo era Buscemo Stampace.

Uscito dal quartiere del capitano Orlando, tutto pauroso d'incontrar qualche cittadino che gli scorgesse incisa in fronte la grave nota dell'infamia, aveva attraversato per viottoli e viuzze il sobborgo ed era sbucato sulla piazza dei portici, appunto nel medesimo istante in cui vi ponevan piede Fuoco e Bino. Benchè messo in sospetto dalla presenza di tanta moltitudine, Buscemo ebbe presto ravvisati i due patrioti; epperò sguizzando curvo e tremante tra persona e persona sgattaiolò e raggiunse assai prima di essi il viale, fermo nella speranza d'intanarsi a Villalba. Le grida di guerra delle genti di Cletto gli tolsero ogni fiducia di scampo, quindi scavalcata la siepe s'appiattò nell'oscurità dei campi e lasciò che gl'insorti, correndo e vociando, entrassero in paese e s'allontanassero. Passato il pericolo, si rizzò, prese a tutta corsa la via del monte e senza mai darsi riposo, ombroso e trepido sempre, ravvisò ben presto i tetti di Cammarata. Rifatto il respiro, già entrava nel villaggio, allorchè s'incontrò, come viddimo, nel Frazitto, cui infatto s'indirizzava.

- A Mussomeli dunque!--gridò il maggiore; ed indicato a Stampace un cavallo a lui vicino perchè lo montasse, e così seguisse con qualche agio la colonna, riordinò la partenza e a passi celeri camminò verso il borgo ribelle.

Appena costoro ebbero perduto di vista Cammarata, sul balcone del palazzo stesso nel quale Frazitto era soggiornato fu inalberato lo stendardo tricolore, ed Enzo apparendo nel vano delle imposte spalancate salutò la folla col sacro grido:

- Viva la libertà!

- Evviva Enzo!--rispose il popolo, e accalcatosi nella corte fe' suo capo l'ardito cospiratore. Il quale, solitario e prudente, aveva osservato e calcolato, scritto a Pardo, tenute salde le fila della congiura tra Palermo e Sutera, mantenuto vivo il fuoco della rivoluzione, provvedute armi, raccolto polvere e ducati. Degno seguace dello sposo di Iza, fedele ed attento esecutore de' costui ordini, aveva atteso con ansia e gioia il 5 aprile; l'allontanarsi di Frazitto fu per lui il segnale d'insorgere, e insorse.

- Viva la patria! aveva gridato Cletto irrompendo nel piazzale di Mussomeli, ed a quel grido i giovani del paese erano corsi all'arme.--Viva il riscatto! risposero avanzandosi Bino e Fuoco.--Avanti! avanti! esclamarono tutti, e più rapidi della folgore cerchiarono il mercato e piantarono la bandiera.

Orlando dagli spari e dalle grida ammonito che gl'insorti già stavano nel borgo, chiuse i suoi gendarmi nel quartiere e messone uno in vedetta attese gli eventi. Forte gli batteva in petto il cuore, e ad ogni poco temeva che i soldati si rivoltassero e uscissero. I quali infatti, prima taciti e sommessi, cominciarono a mormorare, a chieder perchè il capitano non schiacciasse il nemico sprovveduto, a dubitar di lui e del riparo, a desiderar la lotta, a invocarla, a gridare, a minacciare. Inutili comandi diede Orlando; i gendarmi spalancarono le porte e sbucarono sulla via. Una salva di fucilate li accolse; la mischia divenne subito terribile, e parecchi morti insanguinarono il selciato. Orlando, vedutosi solo e certo del trionfo dei patrioti, corse innanzi ai compagni, e a tutta voce gridò:

- A me Cletto! Viva Italia!

- Orlando, a noi!--Bino replicò,

Ma i gendarmi non cedevano, e il fuoco aumentava. Feriti e scemati, essi opposero la più disperata resistenza, e pochi contro molti vendettero cara la vita; mancate le cariche ruotarono in giro l'armi vuote con furore crescente e sempre più raggruppandosi in cerchio. Era valore degno di scopo migliore, pur italiano; e gli stessi offensori li ammiravano e compativano. Quei prodi non sapevano altro nome che quello del re, non avevano idea dell'Italia e della libertà; non pensavano che col cervello dei comandanti; difendevano l'assisa, lo stemma, le spade! Nondimeno, affievoliti e oppressi, dopo un'ora di lotta, quegl'inferociti si contarono, si trovarono venti, e viddero a sè intorno una siepe d'estinti. Le armi si erano spezzate, le fronti grondavano sudore e sangue, il numero degl'insorti cresceva ad ogni istante, provetti erano i loro duci, nessuna speranza di scampo. Piegarono quindi, ma piegarono alteri; gettarono l'armi e senza dir parola nè muover lamento s'arreser prigioni. Cessata la mischia, anco le ingiurie e le bestemmie cessarono. Il popolo sgombrò la via e si accordò qualche riposo. Le salme dei morti vennero gettate nel campo più vicino, ed ai vinti si concesse libertà col comando d'uscir da Mussomeli. Bino e Fuoco condussero Orlando in presenza di detto, ne lodarono l'amor pel paese e il coraggio con cui avea sfidate l'ire dei subordinati, e tanto fecero e dissero che Navarro (il quale temeva d'inganno ed odiava d'odio generoso la divisa che il capitano indossava) gli stese cordialmente la mano e l'abbracciò:

- Uniti da grande proposito, saremo sempre fratelli, Orlando!

- Ve ne son grato, Cletto. Quest'abbraccio mi riconforta...

- E vi ricompensa--interruppe Bino--avete molto sofferto!

- Oh sì, molto! L'assisa che vesto m'umiliava; vile fra vili temevo sempre l'oltraggio del patriota... due soli m'hanno dato speranze... coraggio... Bino e Pardo.

- Siete amico di Pardo?

- Me ne onoro, Cletto. Lui mi riabilitò, da lui ebbi consigli e sprone. Oh potessi baciarlo in volto!

- Pardo sarà presto con noi... domani, forse oggi... stanotte...

- Amici--gridò in quella, correndo loro incontro, un giovane montanaro--amici, sulla postale di Cammarata appare una colonna di regii. Il denso polverio impedisce lo scorgerne il numero, ma temo sian molti!

- Soldati?... è dunque un assalto... su, su compagni, asserragliamo le vie... barrichiamo le porte...

- Volete combatter qui?--osservò Orlando--qui?... all'aperto?... tagliati dal fiume?... esposti ai loro colpi dall'alto? no, no Cletto... pieghiamo su Acquaviva...

- Avremo Sutera alle spalle... Pardo vedrà e verrà. Acquaviva è più sicura.

- È almeno meglio difendibile.

- Dunque ad Acquaviva!--tonò Cletto; e d'un salto fu in piazza.

Intanto gli armati di Vallelunga, Villalba e Mussomeli s'erano raccolti e schierati; ed allorchè Navarro gridò loro che il nemico s'avvicinava e che giovava ordinarsi in battaglia sulle alture vicine ad una voce tutti risposero:

- Ad Acquaviva!

E ad Acquaviva giunsero mezz'ora dopo. E allora appunto Frazitto occupava Mussomeli.

Vedesti mai un tramonto d'aprile? Il sole, dopo avere in tutta la sua pompa attraversata la valle, scendeva lento lento dietro le punte del Monte Cammarata, irraggiando quasi d'isforzo i boschi e i pendii. La parte più profonda della vallata era già immersa nelle tenebre, e il rumorio delle acque nascoste rompevano solo il silenzio. Ombre melanconiche ed uniformi velavano i dossi e le calate, e il morir quieto ma solenne del giorno le aumentava, mettendo nel villico

Una tristezza che non è dolore.

Le montagne all'ingiro, più umili del gran fratello, cerchiavano con muta eguaglianza la vasta scena, e dietro ad esse spiccava il ceruleo del cielo ingemmato dalle prime stelle. Qualche torre rompeva qua e là il monotono orizzonte, qualche squilla dava il saluto della sera, e il lontano canto del pastore addolciva la tetra calma della natura. A poco a poco però anco l'orbita infuocata del sole sparve, e con lui ogni luce animatrice. L'azzurro celeste brillò più vivo e tagliato, la luna concesse i suoi primi sorrisi, e quei raggi di argento spezzavano la tenebria e infondevano la vita pacata e solitaria della notte alle falde deserte. Le alture d'Acquaviva erano anch'esse inondate da quella luce, e perchè franate da ogni banda e segate dalla sommità ai declivii da torrentelli e gore, il contrasto dei dirupi colle spianate riusciva armonico e pittoresco. Vedute da lontano si sarebbero assomigliate a piccoli vulcani spenti, i rivoli delle cui lave impietrati brillassero al cospetto della luna, e di cui i crateri si fossero per potenza misteriosa riempiuti sotto uno smalto uniforme insieme e vago di lucidi massi e zolle fiorite. Nuotante in un oceano indefinito di splendore argenteo, il povero paesuolo s'ergeva sparso in rustici casali su quelle cime; contemplato da settentrione sembrava si librasse lassù quasi in atto di fuga, veduto da Sutera pareva rituffato da palmo invisibile nei gorghi della valle; nuova sirena, Acquaviva ingannava lo straniero; appariva bella e graziosa, era in realtà misera e poca. Abituro di mandriani e caprai, teneva aspetto di luogo delizioso, era all'incontro umile comune, eretto là in alto, fra le viscere della valle e le vette più giganti, siccome rifugio dalle bufere e dai turbini.

Questa scena alpestre, questa pace tutta montana, questa quiete riposata e tranquilla, venivano però spezzate e rotte da alte grida che partivano da Acquaviva e dalle alture vicine. Erano voci di guerra, erano urla di vittoria e rabbia, spari, rimbombi, suono d'armi percosse, lunghi sospiri soffocati, brevi bestemmie. Due schiere italiane, là, su quelle cime pure italiane, si straziavano, si uccidevano, vincevano, fuggivano, con ferri italiani, in nome d'Italia. Gli echi ripetevano quelle grida e quegli urli, e nel buio della notte avresti detto che uscissero dal seno stesso della terra, se qualche fuggitivo scorazzante alla cieca, se qualche ferito sanguinolento e sbaldanzito non fossero ad ogni poco apparsi a dar conferma alla dura realtà: nati tutti sotto lo stesso cielo, tutti parlanti l'istessa favella, tutti figliuoli della medesima patria, combattevano da ore parecchio al grido smisurato di Viva il re gli uni, Viva la libertà gli altri. Pur

«D'una terra son tutti: un linguaggio

Parlan tutti: fratelli li dice

Lo straniero: il comune lignaggio

A ognuno d'essi dal volto traspar.

Questa terra fu a tutti nutrice,

Questa terra, di sangue ora intrisa,

Che natura dall'altre ha divisa,

E ricinta coll'Alpe e col mar.

. . . .

Ahi sventura! sventura! sventura!

I fratelli hanno ucciso i fratelli:

Questa orrenda novella vi do!.

Un giovane col petto squarciato, col viso sanguinoso, coi panni bruciati dal fuoco e dalla polvere, scendeva in mezzo a quel disperato turbinio dal paese lungo il corso di un piccolo torrente. Ad ogni passo inciampava, piegava le ginocchia, e se forse per solo istinto non poggiava la persona sulle mani stese al suolo cadeva e cadendo precipitava dall'alta ripa. Gli occhi smarriti, la pallida fronte, il respiro angosciato, il tremito delle membra, il sudore gelato che gli gocciava, ben dicevano che a quel misero ferito era presso la morte. Pur volle contemplare ancora un istante il triste spettacolo, e comprimendo colla destra l'affanno del cuore, si rizzò e stese la libera mano in atto di supremo saluto al paesuolo. A quello sforzo però svenne, e caduto boccheggiante sull'erba arrossata mormorò;--Italia, ricevi l'addio ultimo d'Arnoldo--e spirò. Nato e cresciuto in Acquaviva, moriva cittadino-soldato col nome di patria sulle labbra!

Guidati da Pardo, gl'insorti ributtavano con ostinato valore gli uomini di Frazitto; il quale, irato di cedere innanzi a un pugno di montanari, incuorava colle parole e coll'esempio i soldati a tener salda la bandiera del Monarca e far onore all'assisa che vestivano. E per verità combattevano da prodi, ben mostravano d'esser nipoti di quegli eroi che Murat aveva lanciati fra i ghiacci della Russia a sostegno dell'aquila francese; ma Pardo, coraggioso ed audace, ardito nelle avvisaglie e prudente ai ripari, collo sguardo rianimatore, colla parola infocata, colla mano di ferro, a tutto era pronto, tutto faceva, ordinava tutto; portato da focoso destriero, correva tutti i lati del campo, si gettava nel più folto della mischia, qui riparava i colpi diretti a un fante, là quelli minacciosi all'amico, sereno in viso siccome uomo che tenga in pugno la vittoria, orgoglioso di onorare il nome italiano. Il cavallo, quasi esso pure dividesse la gioia e l'ardenza del padrone, s'imbaldiva, impennava, correva, volava; e là dove più stretta era la tenzone, dove il fumo era più denso, dove gli spari rivaleggiavan col tuono, piombava a precipizio, questo atterrando, quello pestando.

Già da tre ore si battagliava; perocchè appena Frazitto ebbe veduto Mussomeli spoglio e deserto, aveva inseguito Cletto e raggiuntolo sulle alture. Ma la fatica non avevagli concesso di assaltar subito le barricate degl'insorti, e solo a sera potette dar il segno dell'attacco. Pardo intanto aveva raggiunta Acquaviva, raccolte le diverse brigate, distribuite armi e munizioni, dati capi e comandi, eccitati gli spiriti, studiato il terreno; e Frazitto al primo urto s'era accorto di lottare con prodi, di aver sfidato l'ingegno del più prode di Val Mazzara. Posti l'uno a fronte dell'altro, il rinnegato di Marsala e il cospiratore di Sutera, soldati di due opposte bandiere, devoti a principii ostili, fedeli a giuri avversi, non potevano nè piegare nè cedere; dal cozzo delle loro spade dovevano scaturire o la libertà delle Madonie o il servaggio della valle. Frazitto e Pardo lo sapevano; e perciò aspra e dura era la guerra; avrebber lottato sino all'infinito piuttosto che dirsi vinti e gettare le armi.

Mancava solo un'ora a mezzanotte, e Pardo voleva vincere. Serrò dunque le fila de' suoi, comandò a Cletto che ad ogni costo spezzasse la doppia schiera dei regii, ed a Diego affidò un'eletta squadra di bravi perchè cogliesse all'improvvista nelle sue ali il nemico e sfondandolo si cacciasse nel centro. Egli poi, seguito da Fuoco e Bino, e da pochi arditi, alzò il grido d'allarme e a gran furore piombò addosso al Frazitto. Fu un urto spaventevole; molti come falciati dalla morte caddero per non più risorgere. Pardo compiè prodigi; colla spada nella destra, nella sinistra la pistola, faceva largo innanzi a sè e urlando ad ogni tratto:--Muojano i nemici!--gettava di sella i cavalieri e stramazzava i pedoni. Eccitati dal calor della pugna e dal valore di Pardo, anche Bino e Fuoco rivaleggiarono coi più prodi; quei tre tanto menaron colpi e spossarono che ben presto i regi perdetter terreno e spauriti piegarono. Fu un delirio di rabbia, un violento ricambiar di fendenti e imprecazioni; nessuno rimase illeso, e il campo fu veduto seminato di agonizzanti e cadaveri, tutti feriti nel petto, caduti tutti coll'onor del valore;

Cletto e Diego, degni esecutori di Pardo, tempestarono il nemico nei lati e di fronte.

Pieni di coraggio ed entusiasti, esposero sempre sè stessi per salvar la vita dei compagni, li eccitarono ad atti di valore incredibili, apriron loro la via. E tutti, gridando Viva Italia, Viva Pardo, insegnarono ai soldati che l'amor della patria infonde in animi generosi coraggio e virtù; uccisero i feritori, feriti uccidevano. Giovani imbelli su quelle alture divennero veterani, i loro bracci parevano di ferro, i loro petti invulnerabili. Allorchè uno cadeva l'altro serrava la fila, e sempre cacciandosi innanzi portavano la strage nelle nemiche; assottigliati, raddoppiavano il valore e ben aveva diritto Pardo di gridare dal folto della carnificina:--Su, su, bravi, fatevi onore, ancora pochi colpi e nostra sarà la vittoria. -

E Orlando?

Il buon Orlando, condotti sulle alture Cletto e gli amici, era disceso in paese, e salvato dalle ire soldatesche per la divisa di capitano, aveva raccolti altri giovani e stavali alla lesta, ed il meglio possibile, ordinando, allorquando Enzo cogl'insorti di Cammarata comparve. La presenza dei fratelli dell'alto monte, di un uomo sì ardito, sì ostinato qual era Enzo, ravvivò il desiderio di menar le mani e in Orlando e nei patrioti rimasti in Mussomeli. Epperò, dato bando a qualunque assetto, tutti uniti volser le spalle al sobborgo e salirono alla volta d'Acquaviva. Ivi giunsero nell'ora in cui più dubbia ed accanita ferveva la battaglia, ed il loro arrivo (non eran molti, ma freschi e prodi) assicurò a Pardo il trionfo. Orlando ed Enzo, scorto Pardo, lo seguirono in mezzo ad un turbine di spari e polvere, e sguainate le sciabole e spianate le carabine caricarono il nemico coll'audacia dei magnanimi, onorarono sè stessi, s'accrebbero lustro. E la mischia terminava, e le grida di vittoria echeggiavano dovunque, allorchè Orlando come percosso da un pugno barcollò e cadde rovescioni: Buscemo Stampace vedutolo l'aveva preso di mira e gettato morto da sella!

Caduto Orlando, Buscemo, cacciato dal demone dell'odio, fatto coraggioso dalla paura, spronò il cavallo contro Fuoco ed avventandosegli addosso, disse con voce irata e rabbiosa:

- Fuoco, Fuoco, e la lettera l'hai recata?

- Voi Stampace?

- Rendi l'arme, gaglioffo.

- Ah, furfante!--e Fuoco, colto all'improvviso da un colpo scaricatogli alle spalle, gettò la spada e dato furiosamente di piglio al fucile, immerse la baionetta nel ventre al traditore, e sì d'impeto che il sangue sprizzato dalla larga ferita gl'insudiciò mani e viso. Frazitto, che poco lungi duellava con Pardo, si scagliò livido di rabbia sul giovinetto, e, rizzatosi sull'animale, calò un fendente tanto assestato sul cranio di lui che il filo della spada tagliato il cerebro ripercosse sulle mascelle, Fuoco, orribilmente mutilato, stramazzò al suolo; ed intanto Buscemo veniva sollevato dai soldati e recato in salvamento. Pardo vide, intravvide, avvampò d'ira, impallidì, ed urlando vendetta piombò sul maggiore.

Diego e Cletto accorsi essi pure allo strazio del povero Fuoco, perdettero il lume della ragione, e mugghiando terribilmente si precipitarono in mezzo ai nemici. I cavalli, crivellati da palle e punture, caddero bocconi, ed i due temerari, impigliati nelle staffe, furono per loro gran malanno subito circondati. Percossi coi calci delle carabine e sforacchiati da una pioggia di colpi, Cletto e Diego penarono lunga pezza a trarsi di sotto ai morti corridori, ma appena ebbero libera la persona saltarono in piedi e alla gragnuola risposero con una fitta di botte che mai si vide la più disperata. Benchè due contro dieci, pur si difesero da eroi, e vivo sangue lor spicciava da ogni dove. Mani, coscie, reni, collo, faccia, tutto il corpo fu loro ferito, e così grondanti e sfatti incutevano spavento agli stessi assalitori. Infiacchiti e stremati, percossi senza tregua, sentirono però vacillar le ginocchia, s'accosciarono, e già moribondi tenevano in rispetto quella mano di codardi. E codardi eran davvero, perocchè ammazzavano due morti..... Non hai ancor letti i nomi di Diego e Cletto scritti a caratteri d'oro nel sacro libro dei nostri martiri?

La battaglia ora terminata, i regii in fuga, gl'insorti padroni delle alture avevano inalberato lo stendardo tricolore sul campanile. Nondimeno Pardo e Frazitto combattevano ancora, e il loro era duello a morte; serrati l'un contro l'altro, avevano le armi e le vesti spezzate, e col solo troncone della spada si squarciavano le membra chiazzandosele di sangue in omaggio d'eguaglianza selvaggia. Gli occhi volevano schizzare dalle orbite, i denti battevano, il palpito de' due cuori era febbrile e violento, un tremito di convulso livore correva loro attraverso la persona: il delirio della tenzone riusciva al suo colmo, e però fu giocoforza finissero. Raccolte tutte le sue forze Pardo abbracciò stretto l'avversario, l'atterrò, e cadendogli sopra gli tuffò e rituffò con gioia suprema l'avanzo del ferro nel petto. Frazitto non diè un grido, non mosse palpebra, e morì brandendo tuttavia stretta in pugno la sciabola gocciante. Pardo a lenti passi s'allontanò e appiè della torre poco discosta cadde svenuto.

Spuntava l'alba del 6 e gran folla di popolo s'accalcava sul piazzale d'Acquaviva. Adagiato su poca paglia lungo i gradini della chiesa, un uomo, tutto insanguinato, lottava colla morte, e nella sua agonia sorrideva. Inginocchiata a lui d'accanto, una giovane donna piangente e discinta gli tergeva con pannolino il sudore, e con affetto sublime lo baciava in fronte. Dolore acuto e profondo era quello della donna, e ne' suoi occhi velati e gonfi dalle lagrime ognun leggeva la storia d'un amore sviscerato e imperituro. Chini sul morente, due giovani montanari ne contemplavano con visibile angoscia le ferite fasciate e le labbra semiaperte; avrebber di cuore sacrificata parte della loro vigoria per salvar la vita dell'amico; non piangevano, ma i loro sospiri e l'agitazione de' loro sembianti attestavano il cupo e mal celato strazio dell'animo. La folla stessa singhiozzava; il prematuro e fatale morir di quell'uomo era dunque un affanno comune, tutti sentivano che in lui si spegneva un'esistenza preziosa, si recidevano speranze lungamente nutrite, affezioni cementate dai fatti.

- Addio, Iza mia... addio Enzo, Bino addio... ed a voi pure popolani... addio! muoio... ma muoio contento... la mia valle è risorta... e l'isola respira! Abbiate sempre cara la libertà... sull'altare di essa deponete rancori ed odii... amatela, la patria... questa terra nostra... questa terra... Oh, sento mancarmi le ultime forze... addio amici... Iza, Iza mia, ricordati del tuo Pardo... amalo anche morto... e spesso parla di me alla vecchia Rosalia... ai villici di Sutera... Oh Sutera!... ieri fuggivo... esulavo... oggi eccomi ucciso... Addio Iza... Iza!... dammi l'ultimo bacio!--E colle braccia strinse al seno la desolata sposa, baciandola, ribaciandola, coll'impeto dell'abbandono estremo. Iza, vinta da tanto dolore, teneva fissi gli sguardi negli occhi di Pardo; e le suppliche d'Enzo e Bino perchè di là si levasse, si togliesse a quel luttuoso spettacolo, a nulla valsero; nessun conforto, consolazione nessuna ascoltò... abbracciava ancora le spoglie del marito che le campane salutavano con mesta melodia il sole risorto,

Nove mesi dopo la tragedia d'Acquaviva Buscemo entrava commissario d'ordine e pace in Barletta. Riverito siccome personaggio potente, la città fu parata a letizia per festeggiare l'eroe di Val Mazzara!

Così era salutato nelle Puglie Buscemo Stampace.

PIERIO

STORIA DI VAL DI MONE.
24

«Tutto dolor!... una memoria segna

Cui non cancella il sangue

E per età non langue.»

Mariannina Coffa Caruso.

Era un mattino di maggio. Il cielo sereno come suole nella poetica plaga dello Stretto veniva tagliato nel suo lontano orizzonte dalle vette degli Apennini di Calabria, ed il sole già sorto indorava con fantastica armonia le tremule acque del mar messinese. Il placido venticello della primavera scuoteva le fronde degli alberi ed agitava sullo stelo le erbe del campo ed i fiorellini del prato. Il pispissio dei passeri e delle rondini risuonava melodioso nella gran pace di natura, e lo squillo dei corni pastorali interrotto a tratti dai vaghi concerti delle campane dei villaggi seminati sulla pendice delle montagne e lungo la costiera cresceva incanto al sorriso della terra. Sembrava tornasse la vita alle piante ed all'onde, e gli uccelli salutassero col canto il ritorno dell'astro lumeggiante. La purezza dell'aria, lo spiccato del cielo, il verde delle vette, lo smeraldo dell'acque di Pace e Scilla: tutto ricordava la beata Sicilia, coll'atmosfera rapita alla torrida India.

A chi abbandona le casupole del Faro per ascendere il monte, s'apre a poca distanza dal mare una strada larga ma erta, sassosa e qui e là interrotta da torrentelli e gore. È l'unica via che metta a Curcoraggio, povero paesuolo a sei miglia dalla costa e che veduto dal ponte delle navi par costrutto a precipizio poco in su di Messina. Di là tu vedi la patria di Maurolico, e la cittadella che oggi la difende: di là scorgi confusa nelle penombre delle falde Aspromonte e Reggio, la terra delle fate, col suo castello rossastro e col dosso smaltato di ville e palazzotti; di là ammiri la pittoresca cascata del San Giovanni e la fuga di colli e colline che, staccate dai bruni monti ritti a lor tergo, scendono in dolci e fruttiferi declivii al mare in cui par s'immergano e scompaiano. Ampia veduta hai lassù, e quasi ti sembra d'aver più libero il respiro, più facile la parola, più maschie le idee. Sospeso tra cielo ed acque contempli la maestà del creato e saluti colla poesia del pensiero l'onnipotenza degli elementi e l'immensità degli esseri. Là vivi vita vera, e le sole ali ti mancano a spiegar il volo dal ceppo all'alta volta delle sfere.

Su quella strada camminavano due uomini. Amendue rozzamente vestiti ma con pulitezza, portavano ad armacollo lo schioppo ed appesa alla cintola l'aguzza falce dei montanari di Val di Mone. Il loro passo era rapido, e siccome nati fra quelle balze, lesti varcavano i massi per ogni dove seminati ed oltrepassavano i ruscellini impaludanti la via. Parlavano concitati, ed a chi li avesse veduti da lontano sarebbe sembrato altercassero e quasi venissero d'istante in istante alle mani. Eppure erano amici, ed il loro dialogo calmo e composto. Il più grande di essi era anche il più vecchio, e nei vivi lampi dell'occhio mostrava la piena degli affetti che gli tenzonavano in cuore, nel mentre col pugno sul calcio scuoteva a violenti scosse l'arme sorella. Il giovane avea neri capelli o mustacchi, ed un sorriso amaro e beffardo muovevagli le labbra e gli aggrottava lo ciglia. Il primo si chiamava Bizco, il secondo Pierio. Il padre s'appoggiava al figlio, e spesso lo contemplava collo sguardo, quasi scrutasse tacito il di lui pensiero e volesse indovinare quali divisamenti rimuginasse in cervello.

- È cosa orribile... non so più contenermi.

- Ah sì, l'offesa è profonda!

- La cancellerò col sangue!

- No, Bizco, non cimentatevi. Il nemico è forte... e noi...

- Io pure son forte... vedi queste braccia? hanno calati fendenti mortali laggiù... vedi questa cicatrice che mi sfregia? l'ebbi al passaggio del Po, combattendo da prode... ed avrò paura d'un codardo seduttore? no, no, figlio, non temere... son forte!

- Oh sì, siete forte!... ma povero!

- Colui, lo so, è ricco... ma per Bizco...

- Zitto, padre mio... ecco Zelmira.

- Non una parola, Pierio!

Affrettarono il passo e raggiunsero lo spianato dell'umile chiesuola del paese. Ivi sostarono, e vedendo la giovinetta muovere alla lor volta in atto di sorpresa, si scambiarono un'occhiata eloquente, e separaronsi. Ma prima che Pierio si fosse allontanato, Bizco gli strinse con isforzo la mano, lo mirò fiso, e disse con lenta voce solenne:

- Lo giuri?

E siccome il giovane esitava alquanto ed alzava le palme quasi pregasse, Bizco replicò con ira mal repressa:

- Lo giuri?

- Lo giuro!

- Mia buona Zelmira... adorata figliuola mia... come stai oggi?... e la tosse?

- Buon giorno, padre mio. Oggi, sì, oggi sto bene. Ma ieri! oh Dio, il petto mi si voleva spezzare... Sì, sto meglio! Che bel sole, padre, che allegra giornata!... Dite, non vi sembra che il tepore di queste aure mi ridoni beltà e vigoria?

- Sì, sì, Zelmira, tutto quello che vuoi. Ma non ricordar più le passate sciagure! non vedi che mi fai piangere?

E a quell'uomo, abbronzato in volto e dalla mano di ferro, si inumidivano le ciglia al triste ricordo dell'onta.

- Padre, anche quando sarò morta, vi ricorderete di me? della povera vostra Zelmira, innocente... sventurata?... sì, n'è vero?

Non era bella Zelmira, ma due grandi occhi neri che le brillavano in viso la facevano leggiadra e amata, sì che i giovani del contado corteggiavanla. Il suo portamento era modesto insieme e altero; la voce argentina, flebile, melodiosa. Pallida sempre, le guancie le si tingevano in vermiglio solo allorchè i robusti e bei montanari del villaggio l'occhieggiassero o le augurassero il buon dì e il felice riposo. Aveva risvegliata simpatia in tutti i vicini, e molti l'avrebbero chiesta sposa se non fosse stata sul fior degli anni rapita dal dolore! Contavane appena diciotto, eppure quanti guai avevano spenta nel di lei giovane cuore la poesia della vita! Tradita nel suo unico amore, come rosa avvizzita dal vento gelato dell'Alpi anzichè sbocci, Zelmira deperiva, dimagrava, soffriva: destino fatale la trascinava alla tomba, senza posa, senza tregua! Era la lenta agonia del mal sottile, il fuoco dell'esistenza le si spegneva ad ogni ora, costante: oh, povera fanciulla, come presto ti si sfrondò la corona delle illusioni!

- E Pierio perchè si allontanò?

- Tuo fratello deve calare a Messina. Se n'è ito a desinare, e fra un'ora sarà in viaggio.

- E voi rimanete?

- Sì, Zelmira, oggi starò teco: abbiamo a goderci il mezzogiorno sull'aia. I tuoi polli ci razzoleranno daccanto, e il vecchio barbone abbaierà di letizia.

- Davvero?

Bizco abbracciò la giovanetta, e cingendola colle braccia la mirò con ineffabile affezione. E dopo aver così sostato alcun poco, s'avviò, sempre sorridendo agli amplessi della figliuola. Una casa, di modesta e pulita apparenza, chiudeva verso monte la piccola piazza della chiesa, ed in quella entrarono.

- Giaimo, Giaimo!

Così gridò un fanciullino che baloccava sulla porta, ed intanto corse incontro al genitore ed alla sorella. Il chiamato apparve: era uomo tarchiato e di atletiche forme, con barba nera e lunga, calvo, in giubba.

- Oh Bizco, ben tornato! E voi, nipotina?

- Oh zio, buon dì!

28

III.

Se non ti par fatica, trasportati ora, o lettore, sul largo che sta innanzi al porto, in Patti. Un piroscafo a ruote, il Ciullo d'Alcamo, fuma poco più in là della lanterna, ed una lancia guidata dal capitano sta aspettando l'imbarco dei passeggieri. I quali, aggruppati sulla spiaggia, stringono improvvise amicizie e si augurano a vicenda placido mare. Ad un cenno del più autorevole fra loro, scesero alla gondola, e colle gare consuete di precedenza vi s'assisero. Ultimi a collocarsi, furono una vecchia matrona, una giovinetta pallida e spaurita per la nuova scena, ed un giovine bello ed alto, di elegante e ricercato portamento, riccamente abbigliato. Allorchè tutto fu quieto, la lancia partì, e poco dopo un marinaio l'assicurava alla scala d'imbarco del vapore. Il capitano e il piloto aiutarono i viaggiatori a salire, ed allorquando ebber recate sotto coverta le valigie, raccomandarono la zattera al fianco e sospesero al bordo la scala. Non passò mezz'ora che l'ordine della partenza fu dato, e il Ciullo issata bandiera s'allontanò. Nessun vento agitava le acque, e la bonaccia propizia rallegrava la piccola colonia navigante. A poco a poco Patti si confuse colle nebbie, e non tardarono a scomparire anche i grigi lembi dell'isola. La sera sopraggiunta, i passeggieri lasciarono il cassero e scesero nella sala e nelle cabine coricandosi alcuni, altri leggendo o ciarlando. I due giovani e la vecchia auguratosi il buon riposo si separarono e ciascuno si chiuse nella stanzuccia. Il nostromo e la guardia sedettero ai loro posti, i navighieri si sdraiarono sulle gomene e nelle brande, il capitano passeggiò lunga pezza ed alla fine calò egli pure. Verso mezzanotte tranquillità perfetta regnò nella nave, e la quiete degli uomini e della natura veniva soltanto di ora in ora interrotta dall'all'erta sto del mozzo di trinchetto.

Una notte sul mare risveglia la poesia anco nei cervelli più ottusi. La brezza placida e fresca che increspa la levigata superficie di esso, la luce opaca e serena del cielo, lo sfumar lontano delle isole e della spiaggia, l'immenso orizzonte sconfinato alla vista ed eccelso lassù sotto la volta stellata, il silenzio delle cose, tutto concilia a pacata malinconia ed a meditazione poetica. Lo smisurato volume delle acque che fiottano ai fianchi della nave, il pallido azzurro che sublime diffondesi nell'alto aggiungono maestà alla portentosa scena notturna, e ben aveva ragione il Byron di prediligere la smorta luce della notte ed amare le lagune di Venezia e le scogliere di Grecia allorchè inargentate dal casto raggio della luna gli rinnovavano le fantasie delle fate, e risovvenivangli le leggende della mezza età coi folletti incantatori e le vergini nettunie.

Narra la leggenda che sull'estrema punta del Capo Bianco vivesse nel buio dei tempi una misteriosa sirena, la quale e col canto melodioso e col suono affascinatore innamorava i naviganti, ed attiratili a sè li baciava poi li uccideva. Il lampo dello sguardo, il miele delle labbra, la voluttà delle membra conquidevano i meschini predestinati; e il Poeta continua dicendo che durante l'agonia di essi la selvaggia sirena tripudiava. Ai lamenti ed alle lagrime degli assassinati ella rispondeva con sorrisi e carole; epperò appena morti li gettava a mare pasto eletto all'orco. Più di mille (così la favola) perirono di questa morte, e con essi eziandio un sacerdote del tempio ed un figlio del tiranno; ma l'ira degli Dei scoppiò qual folgore all'annuncio che il loro messaggero era caduto sotto la scure della sirena, ed uno fra d'essi, calato in segreto durante la notte, agguantò la vaga del Capo Bianco e reggendola per le chiome sui venti la trascinò fin sul cratere dell'Etna e in quello precipitolla!

Il Ciullo era già da un'ora passato innanzi a questo Capo e la torre di Milazzo già s'era perduta nel lontano orizzonte, allorchè l'alba sorse. E coll'alba, ridestaronsi anco i passeggieri, i quali salirono il ponte e là fuori all'aperto, alla larga, si ristorarono tutti e se ne rallegrarono insieme. Spirava un'aria tepida e leggera che rifaceva la vita, e la fioca luce del crepuscolo innondando ognor più la vasta faccia del mare mano mano che l'aurora diveniva giorno pigliavano forma e colori le nebbiose spiagge che si scoprivano allo sguardo, e qualcuno salutò con gioia rumorosa le incerte ma eccelse cime dei monti calabresi. Eziandio il gran Faro apparve, e con lui si fecero distinte e spiccate le rive che da Divieto corrono a Cariddi: i delfini guizzavano nelle dorate onde intorn'al battello, e là e qui gli esoceti saltatori spiccavano ameni voli disegnando fuor d'acqua una rapida curva di spruzzi lucentati dai primi raggi del sole montante. Il vapore s'accostava all'isola, e dall'alto del cassero il capitano guidò l'imboccatura dello stretto e comandò la girata a destra.

- Oh il felice mattino, Arrigo!

- Sì, mia Emma, è davvero ridente. Se dal mattino si giudica il giorno passeremo un bel dì.

- Passarlo con te!

- È il mattino degl'innamorati, Emma!

- Arrigo... quanto sei lieto!

- Emma, a te vicino, poss'io aver tristezze?

- Ci vorremo sempre bene... non è vero?

- Sì, sì, cuor mio, sempre, sempre... non è noioso l'amor tuo!... Emma, Emma... quanto sei buona!

- Saremo felici!

- Sì, felici, Emma mia.

- E se qualche nube sorgesse ad oscurare il mezzogiorno...

- Della nostra felicità? la caccieremo!... posso aver rivali? nessun padre, nessun fratello... oh via, allora eran pazzie di giovinezza! e quei malcreati credevan veri i miei baci!... era un passatempo d'autunno!... sciocchi!...

- E ci ameremo tanto tanto!

- Ci adoreremo, Emma.

- Non ti pare, Arrigo mio, che il sorriso di questo bello stretto aggiunga gioia alla nostra contentezza?

- Sempre poetica la mia Emma! oh la fortunata coppia che sarà la nostra!... giovani, ricchi... possiamo desiderarla migliore?

- Arrigo!

- Emma!

Così parlavano il seduttor di Zelmira e l'unica figliuola del barone di Santa Marina. Teneramente abbracciati, questi giovani sposi si scambiavano sorrisi e promesse, e da quell'umile angolo della nave pregustavano le delizie e le feste del palazzo che li attendeva in Messina. La madre ritta a pochi passi da loro li contemplava in consolato silenzio, e benediceva dal cuore la fortuna toccata ad Emma sua; la quale di volta in volta piegava mollemente la leggiadra testolina verso la mamma e rispondeva con un sorriso tutto vergineo e pudico ai baci che questa le inviava ed ai saluti della mano. Era davvero una bella scena, ed Arrigo ne tripudiava: l'amore di Emma, l'affezione della baronessa madre, lo rapivano e gli erano augurio auspicato di felice avvenire! Oh chi sa leggere nel gran libro degli arcani? chi sa divinare il futuro? Arrigo ed Emma, beati d'amore, non sognavano che amore!

Il piroscafo oltrepassato il torrione del Faro, costeggiava la riva destra, e già stava per passar innanzi alle casupole peschereccie che si aggruppano numerose intorno alla Lanterna. Qualche tartana approdava allora appunto, e parecchi montanini fissavano dalle ripe con occhio curioso il postale del mattino. I passeggieri s'erano anch'essi raggruppati sul cassero e gettavano allegre occhiate sulla riva poco lontana; Arrigo anzi scorto fra le lunghe siepi di fichi il povero Curcoraggio l'additava coll'indice teso all'Emma ed un sorriso gelato gli sfiorava le labbra descrivendolo alla madre... lo sciagurato narrava con ischerno il corteggiamento di Zelmira, la passione ispiratale, le promesse fatte e tradite, l'improvviso abbandono, la sdegnosa accoglienza usata alle preghiere ed ai pianti!

- Era un passatempo d'autunno!... sciocchi!

Il capitano stesso affrettava le ultime manovre ed il piloto curvo sulla guida fissava l'apparsa città, allorchè dalle caldaie si gridò con voce alta e sonante, con impeto disperato: Fuoco! fuoco! E nel medesimo tempo uno scoppio terribile ghiacciava il sangue nelle vene agli astanti.

IV

Poco dopo una fiamma alta e viva arrossava le onde. La macchina della nave era scoppiata ed i fianchi di questa mal robusti per resistere al violento urto andavano man mano squarciandosi. Il fuochista rimase morto, ed intanto fra sì disperata confusione d'uomini e attrezzi l'acqua irrompeva a larghi fiotti attraverso i vani e il Ciullo affondava. I passeggieri stretti in gruppo sulla tolda gettavano grida addolorate e miravano con lugubre esitanza quello sfascio completo, irresistibile. Il capitano però e l'equipaggio, benchè esterrefatti e sconsolati, lavoravano a tutt'uomo a rattener colle pompe l'elemento invasore, e qualche mozzo sceso nella stiva sudava a turar fessure e precipitar pesi, ma invano. L'acqua cresceva, cresceva, la nave era irreparabilmente perduta!

- Emma mia, Emma mia... salvati, salvati!

- Oh madre mia! morir sì giovane... in mare!

- Emma, vieni a me.

- Arrigo, Arrigo, salva mia madre!

- Ah sciagura! qual'orribil fine! la nave cola e nessuno ci aiuta!

- Aiuto, aiuto!

- La mia cara Emma... Emma mia... baciami in volto...

- Madre... non so più reggermi! mi batte terribilmente il cuore... vacillo... aiuto, aiuto!

- Aiuto, aiuto!

- Arrigo, Arrigo mio, ricordati di me... della tua Emma...

- Emma, Emma... non disperare... il capitano calerà la scialuppa...

- Non vedi che abbrucia?

- E nessuno ci salva?... maledizione!

- Nessuno!!! nessuno?... tutto il mio oro a chi salva la figlia del barone...

- Emma, Emma, dammi un amplesso.

- Soccorso, soccorso!

Soccorso, soccorso! gridavano tutti, e colle mani giunte, cogli occhi rivolti al cielo, colle ginocchia piegate, aspettavano l'aiuto supremo, e piangevano!

Soccorso, soccorso! urlavano i marinai, i quali scoraggiti, stanchi dalle violenti ma inutili fatiche, disperati, miravan torvi il mare e stavan per salvarsi a nuoto lasciando abbandonato il naviglio e preda di sventura gli infelici viaggiatori!

Soccorso, soccorso! pregava il desolato capitano, che madido di sudore e gocciante per le vesti inzuppate scorgeva dall'alto del ponte il suo Ciullo dannato a sommergere, e vedeva imminente, fatale, il precipizio!

- Soccorso, soccorso!

- Aiuto, aiuto!

Coraggio, coraggio! si gridava da terra; e quattro lancie spinte da robuste braccia volavano in soccorso dei naufraghi.

Pericolanti e salvatori s'incuoravano a vicenda, e l'onde già gorgogliando salivano dagli spalancati boccaporti ed allagavano il cassero, allorchè le scialuppe raggiunsero lo spezzato vapore ed una mano di barcaiuoli e montanari si slanciò a furia sulla tolda.

Da questi sorretti o portati scesero i naufraghi nelle lancie, e il capitano sarebbe stato ultimo ad abbandonare il Ciullo se due uomini non avesser dovuto porre qualche ritardo nel calare una giovinetta la quale svenuta e colle vesti scomposte serrava sul cuore la mano di un giovin uomo e gli abbandonava il capo nel seno. Bizco e Pierio, sollevata Emma, la deposero sul fondo della barca, ed Arrigo ancor barcollante e pallido le si assise daccanto e sdossatasi la guarnacca la stese sulle assiderate membra della sposa, nel mentre la baronessa spaurita e tremante mirava in viso cogli occhi spalancati figliuola e genero e stropicciava con febbrile ardore le fredde dita della supina. Bizco e Pierio intanto raccolti i remi, li tuffarono con vigoroso impeto nell'onde e vogando serrati raggiunsero le più celeri lancie e presto le sorpassarono afferrando la riva gremita per curiosi e compassionevoli.

Nel medesimo tempo il postale scompariva: la lotta tra l'acque e il fuoco era davvero stata viva, ma le prime avevano trionfato e colla stiva colma da esse affondarono eziandio i carboni bruciati ma spenti. La superficie dello stretto ridivenne quieta e piana; solo qua e là qualche tavola fluttuava ed infissa in una di queste stava ritta pur non sventolante la bandiera della nave. Il cadavere del fuochista, unica vittima umana, spinto dall'onde si era avvicinato alla riva, ma ricacciato da nuove fin nel mezzo, parve s'ostinasse a non abbandonare la costa dell'isola, e galleggiò incerto per assai tempo, ma alla fine accavallate dal vento soffiante da Val di Mone le istesse onde che gli erano bara lo trascinarono nella loro corsa violenta fin presso le coste di Calabria, e là sulle secche fu infatti raccolto e dai pescatori tumulato.

Il mal capitato fuochista era di Reggio, e dopo dieci anni ritornava, morto, alla terra natale!

Scesi a terra, i salvati furono immantinente circondati da donne e marinai, le une recando ristori e panni, gli altri offrendo sè stessi e le casupole. La triste comitiva però s'incamminò verso il forte del Faro, preceduta da quell'uffiziale comandante e seguita da qualche soldato sbucato dalla batteria in lor soccorso. Procedevano silenziosi, e fra quelle faccie vispe ed abbronzate avresti scorto il contrasto dei visi pallidi e smunti, il languore della persona e l'abbandono delle forze disegnavano su quelle fronti gelate dispetto e spavento! Pierio e Bizco avanzavano primi portando sulle braccia Emma e lor dappresso era l'uffiziale il quale sosteneva la baronessa, aiutato nel pio ufficio da Arrigo. Il capitano, gli altri passeggieri, l'equipaggio, seguivanli; e negli occhi vivaci di quei pietosi vallegiani brillava la gioia della buon'azione e il rammarico insieme della sgraziata avventura. Quella processione sarebbe sembrata un mortóro, se fossevi apparso un feretro!

Raccolti nella piccola sala della Lanterna, molti fra gli accompagnatori s'allontanarono, e ad Emma, adagiata sul lettuccio, fur fatti aspirare sali ed essenze. A poco a poco la giovinetta rinvenne, e la madre diè un grido di gioia allorchè alla sua amata si sprigionò dal petto un sospiro. Aprì gli occhi, le si tinser di porpora le guancie e le labbra, un leggier tremito le corse per le membra, staccò le mani dal cuore su cui sembravano infisse, alzò il capo, si ricompose le vesti e le treccie, contemplò siccome estatica e con atto di meraviglia la genitrice, Arrigo e Pierio, sorrise, mosse la persona, si rizzò, e chiese con ansia e paura:

- Ove mi trovo?... mamma, perchè son qui?... soldati? un uffiziale?...

- Emma, Emma--disse Arrigo indovinando la domanda della sposa--eccomi a te... sta queta... siamo in luogo sicuro, siamo tutti salvi... nessuna disgrazia...

- Oh qual pericolo abbiam corso!

- Emma...

- Mamma... Arrigo...

- Arrigo?!...--sussurrò con mal represso atto di sdegno Bizco--Arrigo?!--e dall'oscuro canto del salotto fissò lo sguardo sul giovane.

- Arrigo?!--esclamò ad alta voce l'uffiziale--Arrigo? lui?--e gli si avvicinò.

- Scusate, signore, è Arrigo il vostro nome?...

- Sì, tenente... ma... quale strana rassomiglianza!... il vostro nome, uffiziale, il vostro nome!...

- Azzo Carbonera.

- Carbonera!... Oh ch'io t'abbracci, Azzo, mio salvatore!... Azzo!

- Arrigo Rapisardi!

- Amico mio!

- Quale consolazione!

- Come qui, Azzo? due anni son corsi dal nostro viaggio ad Ajaccio...

- Arrigo... ti racconterò poi... ma questa... è la tua sposa?

- Sì, Azzo.

Azzo Carbonera robusto e biondo uomo sui trentott'anni, aveva bella e ritta la persona, ardito aspetto, occhi splendenti, lunghi baffi, ' folta capigliatura. Cospiratore a vent'anni, e scoperto, la sola fuga lo avea salvato dalla forca: quanto duro gli era stato l'abbandono della sua cara Sondrio, della nativa Valtellina, delle Alpi sterili e nude, ma italiane! Valicato lo Spluga, s'era condotto attraverso le inospiti vallate grigione a Bellinzona, e di là sceso a Lugano s'era arruolato fra i congiurati ed esule fra esuli sospirava sempre il riscatto della sua Italia! Mille proscritti tentarono un dì l'invasione di Lombardia, e dalle gole di Valsolda, sbucarono su quel di Menaggio colla speranza di eccitare a rivolta gli alpigiani del Lario e per Como piombar su Milano: ma pochi e male armati, attaccati dai gendarmi presso Porlezza e sbaragliati, avevan dovuto salvarsi colla fuga, e sfiduciati ritornar precipitosi nella libera Elvezia, a piangere i compagni perduti! Azzo se n'accorò, e lasciata Lugano s'era confinato a Losanna, ove visse parecchi anni scrivendo e cospirando. Ma la buona stella della libertà era sorta sull'orizzonte anco per la povera terra dei morti, ed Azzo lasciava il Vodese e passato il Sempione calava ad Arona, dove con Garibaldi piombava sul lombardo e da valoroso combatteva a Sesto, a Varese, a S. Fermo. Sospesa la guerra, dalle rive del Garda faceva voto di viver nell'armi in servigio della patria, e da allora cingeva la spada. Inviato negli Abruzzi, aveva assaltate con guerresco ardimento molte bande liberticide e per un anno s'era battuto con costanza e coraggio fra quelle gole insidiose ed in quelle boscaglie selvaggie. A Napoli aveva conosciuto Rapisardi ed amicizia calda e sincera erasi stretta fra loro: due giovani, entrambi innamorati del poetico e dello strano, entrambi ardenti e baldi, potevano non unirsi coi santi vincoli dell'affetto? Vissuti così un inverno, erano partiti assieme per Corsica e in quell'isola illustre per illustri natali Azzo aveva salvata la vita ad Arrigo: non chiedermi come e perchè; fu un mistero per tutti, e il biondo valtellino avevane giurato il segreto al bruno messinese! Riconoscenza ed amore legavano dunque lo sposo di Emma al comandante del Faro; replicati baci rannodarono la fratellanza ed il rossore delle gote ed il lampo degli sguardi ben mostrarono agli attoniti astanti quale e quanto gaudio commuovesse i lor cuori!

- Lui?... Arrigo?!--con sorda voce ripetè il padre di Zelmira.

- Lui?--chiese Pierio, che incerto e concitato guatava con raccapriccio il sinistro aspetto di Bizco e mirava con ansietà Arrigo e l'uffiziale--lui?

- Sì, lui... l'uccisore della mia figliuola!

- Lui?

- Arrigo Rapisardi!

- Il seduttore?...

- Sì, Pierio, lui, lui! È Dio che ce lo invia!

- Quale arcano...

- Snuda il pugnale, Pierio, e compi il tuo giuro.

- Qui?

- Qui.

- Qui, padre mio, fra tanti armati?

- Qui, non monta... Affrettati Pierio!

- Oh Dio mio... mi fa paura il sangue!

- Pierio, Pierio, hai giurato!

- Maledetto giuramento... qui, in un forte!?

- Qui, è l'onor di Zelmira...

- Oh Zelmira!

- È l'onor della sorella... orsù... lo voglio... hai giurato!

E Bizco spinse colla mano l'attonito Pierio, il quale tenendo nascosta sotto il gabbano la nuda lama barcollando s'avvicinò al gruppo dei salvati, sempre inseguito dallo sguardo fisso e sanguigno del padre.

- Oh Emma... è un amico fidato che il cielo m'invia;... è Azzo...

- Tutto t'arride, Arrigo mio, anche nella sciagura trovi conforto.

- E fortuna. Si, Azzo, lascia che lo dica... e fortuna!

- Non più, amico. Apprestiamo ad Emma le ultime cure... e lasciamo quest'umida cameraccia.

- È qui che abiti?

- È il mio alloggio. Che vuoi? noi soldati abbiamo ruvida La pelle e...

- Ed ottimo cuore.

Ed Emma così dicendo s'alzò e stese in atto affettuoso la sua candida mano al comandante. Carbonera la baciò, e stringendola con riverente entusiasmo pronunziò con voce commossa:

- Grazie infinite, signorina... non merito punto le vostre cortesie... perdonate la mia ruvidezza.

- Azzo, Azzo!--gridò con ilare dimestichezza Arrigo, non farmi il piagnone... suvvia... abbracciami Emma...

- Che?

- Lo voglio.

- Lo vuoi?... ben di cuore!

E mentre Azzo e la sposa di Arrigo si ricambiavano strette di mano e carezzevoli parole, Pierio vieppiù s'avvicinava e dietro lui stava Bizco col pugno teso e coi denti serrati.

L'aspetto del vecchio montanaro era in quell'istante terribile, e colui il quale l'avesse allora veduto avrebbe irresistibilmente gridato: all'assassino, all'assassino!

Pierio all'incontro era pallido e trepidante, ansante il petto, lo sguardo incerto e pauroso, il passo stentato e mal fermo.

Non ancora uso al sangue, il giovane isolano muoveva al delitto cacciato solo dal demone della vendetta, e sprone fatale eragli il cupo e minaccioso comando del padre.

- Colpisci, colpisci!--gridogli dietro le spalle il feroce Bizco.

- Grazia per lui, padre mio, grazia per lui!

- Hai giurato!

- Oh Zelmira!

- Colpisci, vigliacco... colpisci!

- Vigliacco?... oh giammai!

Alzò con rapido moto la destra e nel calare il pugnale sul petto alla vittima tonò:

- Vendetta!

- Vendetta!--ripetè con urlo satanico il Bizco, e sfoderato il coltello piombò più celere del lampo su Azzo; il quale all'improvviso pericolo dell'amico aveva sguainata la spada e stava per immergerla in seno a Pierio.

V.

- Mamma Tecla, mamma Tecla, dite... e Zelmira?

- La vita manca ad ogn'istante alla mia povera figliuola. Poveretta! se la vedeste! pare un cero; pallida, dimagrata, sparuta, sorride con un riso angelico e foriero di morte! Povera Zelmira mia! presto, pur troppo, mi sarai tolta! e allora non ti vedrò più! Oh Signore, mi si squarcia il cuore... troppo viva è la piaga che m'avete aperta!... Dio, Dio mio, richiamate a voi me, non lei!... sì giovane, sì bella, sì gentile! Oh Signore, accogliete la preghiera mia... lasciatela a' suoi cari... alla madre che dispera!!!

- Suvvia, Tecla, non v'accorate troppo: Iddio prova il vostro affetto... inchinatevi a lui! Zelmira forse...

- No, Giaimo, Zelmira fra poche ore sarà morta... è il cuore che me n'accerta... ah sì! quant'è mai sventurata la vecchia Tecla!

- Tecla, coraggio. Il ricordo delle passate sciagure vi fa mesta e sfiduciata. Buona Tecla!

E il rozzo Giaimo strinse con mano tremante la destra della cognata. Alcune grosse lagrime gli gocciarono sulle guancie e nell'alzar gli occhi in viso alla Tecla scorgendola tutta in pianto e addolorata diede egli pure in uno scoppio di singulti, e quel ruvido ma onesto cuore fu schiantato dall'affanno. Si abbracciarono, e mentendo a sè stessi sussurrarono con voce spenta e fievole:

- Coraggio, Tecla!

- Oh sì, fatevi animo, Giaimo!

Già un anno era passato dalla morte di Bizco e dalla cattura di Pierio, e la nuova sventura aveva stremate le gracili forze della malata Zelmira. Il vento della montagna le divenne letale, e dovette rinunciare all'innocente poesia della contemplazione dell'aurora e del tramonto. Chiusa nella sua solitaria cameretta non vide più le acque del torrente precipitar dalla vetta e scendere impetuose al mare, non più seguì coll'occhio il lungo volo delle rondini in traccia di cibo pei piccini, non più udì il canto delle pastorelle e gl'inni delle amiche inginocchiate nel tempio! Sola, sempre mesta, unico conforto le veniva dallo zio e dalla madre; anco gl'infantili schiamazzi del fratellino le cagionavano pena e dolore! Povera creatura! appassì la sua bellezza, sparve la giocondità dell'animo, inaridille insomma la vita; fu il lugubre cammino della tempesta, e nessuno potette illuder sè, lei, la desolata Tecla! E diffatto la tempesta si scatenò, e fu rovescio aspettato eppur terribile. L'arcana fiammella della vita che languida le commoveva il petto, a poco a poco s'ammorzò, e le tristi parole di Tecla a Giaimo erano pur troppo foriere di sventura! Zelmira seppe di dover morire, e non un lamento, non una lagrima le strappò l'annunzio ferale; calma, rassegnata, tutta tranquilla, disse addio alla sua giovinezza, alla sua povera vita, al suo cielo, a' suoi monti, a' suoi cari ricordi! Addio affettuoso, addio rosato, casto simbolo della tradita fanciulla, del suo cuor puro e immacolato, del suo virgineo e tenero affetto! La poveretta non sentiva rammarichi, non aveva che amato!

Stava Zelmira supina in s'un gramo pagliericcio coperto da misero coltrone, colle braccia incrociate sul seno e col capo arrovesciato. Pallida fra lenzuola bianchissime, la morente fanciulla s'assomigliava ad un angelo, e da quegli occhi sbarrati e fissi spirava ancora la movenza della giovinezza. Stille di freddo sudore le bagnavan la fronte, e le guancie scarne ed infossate lasciavano leggere su quel viso sfatto la storia dei patiti malori e delle lunghe angoscie. Dalla bocca semiaperta scorgevansi i denti bianchi e levigati, e le labbra aride e senza moto mettevano in animo il ribrezzo dell'agonia. Zelmira affannosamente respirava e lenti erano i battiti del cuore. Ancor pochi istanti e sarebbe morta!

Ritto a lei vicino, colle palme congiunte in atto di preghiera e col viso levato al cielo, era il curato di Curcoraggio, vegliardo d'ottant'anni, venerando per saggezza e carità. L'addolorato pastore invocava con commosso accento la suprema benedizione per la spirante pecorella, e quella figura severa, canuta, avrebbe incussa reverenza eziandio al più sfrenato derisore della poesia di quaggiù.

- La figliuola è agli estremi; datele il bacio dell'addio e pregate per lei.

Così il vecchio prete a Tecla, allorchè entrò nella stanza con Giaimo. La disperata donna a quelle strazianti parole diè un profondo sospiro e senza aggiunger sillaba piegò la persona e cadde genuflessa. Il montanaro imitolla, e per parecchi minuti non altro s'udì che il bisbiglio delle preci. All'orologio della chiesa suonarono allora le ventidue e il sordo rimbombo dei replicati colpi venne a morire fra le pareti della cameretta di Zelmira. La quale a quei suoni si scosse ed alzato con moto languido il capo ravvisò gl'inginocchiati ed alla madre fè cenno s'accostasse. Tecla si rizzò e con lieve passo s'avvicinò al letto della fanciulla, nel mentre Giaimo a capo chino si faceva daccanto al pievano e l'interrogava con muta ansietà, collo sguardo indagatore. Il vegliardo additogli con solenne dignità il cielo e stringendo all'afflitto la mano gli riunì le palme quasi volesse raccomandargli pregasse.

- Mamma--pronunciò con fioco sforzo Zelmira--Mamma, sto morendo e ti saluto per sempre. Via, non piangere... così vuole il Signore e non sta bene la ribellione... fa di darti pace ed anche allo zio porgi coraggio e consolazione. Il curato... oh Dio mio, concedimi la forza di dir l'ultime parole!... il curato mi ha fatto cuore, m'ha promesse orazioni... e senti, mamma, vedo di non saper più parlare... dato che il povero Pierio... sì, anche di lui vo' ricordarmi... se mai, lo faccia Iddio! se mai riuscisse a fuggir dal bagno.... se ritornasse libero... ebbene, allora dagli un bacio per me, per la sua cara sorella! povero Pierio mio! quant'eri buono!... ed alla memoria pure del mio genitore, del tuo Bizco; non tremare, mamma; alla memoria di lui poni un sasso... un ricordo povero ma affettuoso... laggiù nel cimitero... ed a me... una croce! Mamma, mamma, non singhiozzare!... oh Signore! eccomi a te... sento mancarmi il respiro... mi si chiudono gli occhi!

E ricadde sui guanciali, supina, immobile.

Zelmira era morta.

Tecla e Giaimo alzarono un grido disperato, e se il prete non li avesse rattenuti si sarebbero forsennati gettati sul corpo dell'amata, baciandolo per gli occhi, per la bocca, per tutto il volto. Ma lasciarli più a lungo al dolore non volle il pievano, epperò li scosse e seco loro usci dalla stanza.

- Abbiate rassegnazione, amici. La poveretta è partita per luogo di gaudio. Voi Giaimo siate forte, e voi Tecla seguitela colle preci. Datevi pace e fatene omaggio al gran re.

La madre e lo zio, pur sempre dirottamente piangendo, strinsero con effusione d'amore la mano scarna del vegliardo, ed attraversato il piccolo portico scomparvero. Il curato li seguì coll'occhio sino a che videli perduti fra le ombre della bistorta callaia, ed allora rientrò e messosi ginocchione presso il lettuccio intuonò il canto dei morti.

VI

Due anni dopo questa scena di lutto, la campana di Curcoraggio suonava ancora a mortóro, ed il buon popolo della pieve scendeva, saliva, per le viuzze del villaggio, accorso alle esequie di una trapassata. Su quelle faccie, bronzate dal sole, e rugate dagli stenti, si leggeva la pietà e la compassione, e su per le labbra di tutti correva la triste storia ed il nome della povera morta. E ben triste davvero era quella storia! affanni, dolori, angoscie, avevano straziato il cuore della misera, e testimonii dei patimenti sofferti erano tutti, era il curato! Il quale parato a funerale, seguiva allora appunto l'umile feretro, che quattro montanini portavano alla chiesa, spalancata e già gremita di fedeli. Lunga fila di donne faceva ala alla bara, ed il loro canto melanconico e flebile squarciava il cuore. Allorchè poi le spoglie della consorella furono nella casa di Dio lo squillo della campana salutò colla sua lugubre armonia la novella viatrice e tutto il popolo genuflesso e devoto fece solenne l'umile rito.

Boccone a lato del cataletto giaceva un vecchio, cui la bianca barba scendeva scomposta e lunga fino a terra, d'abiti puliti ma rozzi, mal calzato e soffrente. E certo quell'uomo soffriva, perocchè lo squallido viso e la sparuta persona dicevano pur troppo ben chiaro, ch'egli pativa assai e nell'animo e nelle forze: nello sguardo non scorgesi sovente riflesso lo strazio celato? Grosse lagrime gli piovevano dagli occhi, e l'affannoso respiro riusciva di volta in volta a replicati singulti. Piangeva, sì, quel canuto montanaro, piangeva, ma non per affetti terreni, non per ricordanze dolorose, non per paura del futuro, piangeva di rassegnazione, e nella sua prece invocava siccome grazia suprema la morte: povero e solo, fiacco e combattuto, che sarebbe stata per lui la vita? a somiglianza del passero, che abbandonato dalla compagna o perduto fra i campi di terra non sua piange, disperasi e muore, il vecchio isolano sarebbe perito fra gli stenti sprezzato e solitario!

Anche al curato s'erano inumidite le palpebre, e già stava per raccomandare al popolo prosternato che pregasse, pregasse di cuore per la morta, allorchè voci concitate lo scossero, ed alzate le pupille vide sulla porta un uomo in assisa di galeotto far violenza agli astanti e penetrar con mal frenato furore nella folla. Cogli occhi stralunati, colle labbra mosse a selvaggio sorriso, col mento abbrunito, colla destra involta in sucido fazzoletto intriso di sangue, colla giubba e le calzature lacere, lo sconosciuto s'avvicinò con impeto trepidante ai ceri, e respinti quelli che tentavano barrargli il cammino, diè un guardo cupo ed insieme pauroso alla bara, e raffigurato il genuflesso si chinò su di lui. Fissarlo in volto, riesaminar quel sembiante corrugato e smunto, rialzarlo, fu un istante; soffregò a sè gli occhi a lui le ciglia, chinò in atto pensoso il capo, si battè con repentino delirio la fronte, baciò a più riprese l'attonito vecchio e poco dopo gridò:

- Giaimo! Giaimo!

Questi, al grido del suo nome, rispose con altro grido, scosse vivamente il galeotto, diè in uno scoppio novello di pianto ed additato il feretro balbettò:

- Là entro dorme Tecla. Oh Pierio! troppo tardi sei venuto.

- Tecla?!... la madre mia?!...

- Sì, figliuolo!

Pierio, quasi colpito da arcano fulmine, cadde sul suolo, ma poco dopo si rizzò e gettandosi tutto doloroso sul cataletto:

- A che mi giova--urlò--essere libero?

- Pierio!

- Oh madre, oh madre!... la sventura t'ha uccisa!

- Pierio--disse allora Giaimo--Pierio, è Tecla che te lo comanda per me... giacchè sei, sta libero... salvati... piglia le montagne...

- No, Giaimo, morrò qui, sulla salma della madre. Che mi cale della libertà, solo... e inseguito?

- Solo?!.., oh Pierio, e al tuo Giaimo non pensi?

- Una squadra d'armati mi persegue... fra poco saranno al monte... oh ch'io muoia vicino a te madre mia!

- Usciamo, usciamo, mio Pierio; il funebre rito vuol essere continuato...

- E Zelmira?

- È sepolta laggiù...

- Nel cimitero?!... Povera sventurata!

- La sua fossa è distinta da una croce...

- Oh Zelmira mia!

- Recati là e prega per lei...

- Sorella diletta... prega per me!

- Nessuno oserà profanare la pace delle tombe.

E seguito dallo zio Pierio uscì all'aperto; toltosi alla vista degli affollati, ripercorse il tratto di via che separa Curcoraggio dal cimitero, e trovatine aperti i cancelli entrovvi. Giaimo, meno sbalordito del giovane, pensò chiuder le porte, e ciò fatto raggiunse il nipote, il quale s'era già inginocchiato appiè del tumulo che raccoglieva le spoglie dell'amata sorella e lasciava libero lo sfogo al torrente delle lagrime. I due superstiti rimasero raccolti in estatica e gemebonda contemplazione lunga pezza, e soltanto si scossero allorchè il rumore precipitato di molti passi e un sordo mormorio poco lontano richiamolli alla realtà dell'esistenza. Zio e nipote, come destandosi tutto spaventati, divinarono il destino che li aspettava, e piantatisi ritti e minacciosi sulla terra benedetta dalle ossa di Zelmira si prepararono a difenderla.

Azzo Carbonera, scortato da venti soldati, apparve infatto al cancello. Tentò aprirlo, e veduto il fuggiasco gli gridò in tuono minaccioso:

- Aprite alla legge. Aprite!

- Giammai!--rispose con voce ferma Pierio, e cacciate le mani sotto la giubba ne cavò un coltello che brandì risoluto.

Giaimo veduta l'arme ne gioì, e coi pugni serrati si mise a lato del nipote.

- Da bravo, Pierio; fa onore alla memoria di Bizco!

Azzo allora ordinò che si scardinasse il cancello, e molti uomini fatta leva dei ferri ben presto l'ebbero messo a terra. Tolta l'unica barriera che inciampasse loro la via, i soldati precipitarono verso il tumulo, ed alcuni avrebbero fatto fuoco, se Carbonara precorrendoli non comandava s'arrestassero e nessuno usasse dell'armi. S'avanzò solo, e riconosciuto Pierio, gli disse corrucciato:

- Arrenditi, galeotto.

- No.

- Siamo molti, e tuo solo aiuto è un vecchio...

- Non m'arrendo. Qui sotto sta morta la sorella mia. Qui dunque avrò fossa; pigliatemi.

- Il figliuolo di Bizco non cede, muore. E con lui morrà il vecchio Giaimo!

Pierio s'era così ribellato, nè l'uffiziale doveva più oltre sopportarlo; epperò senza aggiunger parola d'un salto gli si avventò addosso e tentò disarmarlo. Ma il montanaro era troppo destro per non preveder quell'offesa, e nel mentre Azzo piegava la spada a percuotere con un rapido manrovescio il coltello di lui egli lo colpi d'isbiescio nell'addome. La ferita, benchè leggiera, diè sangue, ed alla vista di esso Azzo inferocì, e serratosi contro a Pierio, tale una tempesta di colpi gli scaricò lungo la persona che questi ne rimase tutto intronato e per pochi istanti stette passivo attore nella scena. Pur si risentì, e bramoso di vendetta rivolse contro il petto del soldato l'acuta punta del coltello, stracciandogli la tunica e scalfiggendolo. La nuova ferita accrebbe l'ira di Carbonera, il quale, dato bando ad ogni precauzione, si precipitò sul galeotto, e gl'immerse con tanta furia la spada nel ventre che l'elsa riurtò. Pierio impallidì e versando col sangue la vita, rovesciò cogli occhi smarriti sul suolo e giacque.

Giaimo intanto era stato circondato, assalito e fatto immantinente prigione dai soldati. Debole e disarmato, non avea potuto opporre resistenza veruna, e pallido per odio insoddisfatto, fu trascinato lontano dai due campioni e tenuto saldo sino a duello compiuto. La valentia di Pierio lo consolò, ma ogni illusione svanì quando cadde morto sul tumulo di Zelmira e vidde Azzo muovergli incontro sfavillante di gioia e colla spada ancor fumante del sangue dell'ucciso. Trepido attese dal vincitore l'ordine che lo fucilassero, ed a quella angoscia s'univa desiderio di cessar tante pene ed unire per sempre il suo al destino de' cari defunti! Qual fu la di lui meraviglia allorquando seppesi assolto e libero! Ne rimase sconfortato, ed uscito dal cerchio de' suoi custodi volò al tumulo e brandito l'insanguinato coltello che giaceva press'al cadavere di Pierio se lo cacciò a più riprese in cuore gridando con tutta la voce:

- Eccomi a te, Tecla!

E il mortorio di Tecla passava appunto in quell'istante la soglia del triste recinto.

VII

Il dì dopo quest'olocausto di sventurati, due giovani salivano sul battello a vapore per Patti. Un uffiziale avevali accompagnati sino a bordo, e poco prima della partenza li salutò ed augurò loro viaggio felice.

- Addio, Azzo.

- Arrigo, addio.

Ed appena il piroscafo abbandonò il porto, Arrigo disse alla compagna:

- Bel soggiorno a Messina, o Emma; ma molti cattivi v'ho trovati... v'ebbi molte noie... molte paure...

- E non ritorneremo più colà, n'è vero?

- Giammai!...

E levato lo sguardo su Curcoraggio sussurrò:

- Volevano uccidermi!... ammazzarmi per una leggerezza giovanile!... perchè la montanina moriva!... plebei, cadeste!

Emma ed Arrigo, perduta in Messina la baronessa, abbandonavano per sempre quella città.

POLO.

STORIA DI VAL DI NOTO.

43

«Ahi! che un'alma sì bella a sì serena

Non poteva a un mortale esser largita!»

Giuseppe De Spuches.

«Senza ire e senza declamazioni pongo finalmente l'ultima parola a questo mio lavoro sulla filosofia di Fausto Socino. La quale diè gran fama al pensatore toscano; e perchè codesta fu trascinata nel fango ed invilita, ben si voleva oggi ringiovanirla e ristaurarla; oggi in cui liberi asserti si proclamano ed al vero si dà l'omaggio di franca sentenza. Cassati i veti, spezzati i vincoli, srugginita la discussione, era pur dignitoso il ritorno alle glorie obliate; rivendicatori della sapienza avita noi dobbiamo rizzarne le statue e svelarne gli arcani filosofemi. Filosofia è oggi verità, e sta bene che si affretti il riscatto collo studio del passato e coll'analisi dell'indagini prime. Anche la nuova scienza ha pritanei, ed a quella guisa che l'astronomo fissa acuto lo sguardo nella stella più remota, è ben d'uopo che gli odierni pensatori esaminino i ruderi dell'intelletto: Cuvier ristorò la storia antidiluviana sulle orme di pochi avanzi animali: la scienza non è dessa immarcescibile, eterna?

«Il popolo, questo sventurato fanciullo che uomini e cose congiurano a sperdere ed abbrutire, bamboleggiò sempre sotto il giogo dei forti e degl'immutabili, ed a nulla giovò che di tratto in tratto alcuni robusti infrangessero le ritorte e gli gridassero: Sorgi e cammina. Prigioniero di fede accettata perchè poetica, veneratore d'idoli dorati, seguace di banditori ciechi e servi; egli derise e peggio lapidò i nuovi apostoli, i soldati della nuova civiltà; stizzì perchè lo si scuoteva, precipitò nel sepolcro chi lo voleva vivo. Eppure quelle vittime dell'insano furore erano illustri, or son martiri; e ieri stracciato l'amaranto che immalinconiva le lor tombe, colle fronde del giovine alloro se ne compose la corona e la si adagiò sul cippo funerale. Tarda ma dovuta espiazione, rendimento di grazie postumo perocchè prima negato, tributo imperituro di riverenza. Lo sposo alla fidanzata ancor lontana, ma attesa, prepara il velo e le rose; noi, alla ragione (non risorta perchè non mai morta, ma rionorata e tornata al trionfo) intessiamo la cerchiata coi fiori più belli spiccati dai gambi più alti.

«Quattro anni or sono, salpavo dal Giarciore e raggiunta Genova attraversavo i piani del Monferrato e del Novarese e per le Alpi scendevo in Elvezia. A Zurigo, nel panteon delle glorie repubblicane, vidi eretto il sepolcro dei Socini, e perchè meravigliavo di veder serbate in terra straniera le ceneri dei negatori italiani, il vecchio grigione che mi era compagno sussurrò: «Ovunque, in ogni tempo, sempre, le ossa dei martiri sono sacre.» Allora non avevo rifiutata la credenza dalla povera madre insegnatami, epperò rimasi spaurito dalle parole della guida e tremai. Oggi non tremo più, ho pensato, ho riflettuto e mi son convinto; non ho più nè fede nè dubbio, ragiono: eccomi adunque a deporre sul mausoleo di Socino l'omaggio della verità. Da questo sconosciuto Pozzallo s'innalzi, una volta, l'inno di lode al poeta della filosofia; il mio inno, solcato il mare, volerà in Siena a baciarvi la culla del sommo estinto, varcherà le montagne e i monti, e là sulla riva del lago scenderà a gridare Alleluia!-- Per te si veggia, come la vegg'io!»

- Ebbene, Polo, avete finito?

- Dottor Cipriano, sì. E ne son contento. Ho resa giustizia al mio Socino, e la gioventù che studia ed onora me ne sarà grata.

- Il vostro lavoro è serio e n'avrete applausi. Molta dottrina e molto coraggio vi spiegaste. Al vecchio amico dei Brancato negherete che faccia lieti augurii allo scolaro?

- Maestro, grazie. Gli elogi vostri mi animano e mi fortificano. Grazie davvero, dottor Cipriano!

- Bene, bene, Polo...

- Posdomani andrò a leggerlo, come mi s'impose, al collegio di Modica... e spero anche di potermene servire pel concorso di Catania...

- So tutto, Polo... Ma voi non sapete però che v'è.... rivale....

- Chi mai?

- Nientemeno...

- Nientemeno...

Ciprigno, girò con sospetto gli occhi all'ingiro, poi fattosi piccino della persona, accostò la bocca all'orecchio del seduto, ed in atto di gran mistero gli sussurrò con voce tremante un nome. Era il nome del figlio di un potente, di un uomo alto e famoso.

- ... Lui?!...

- Lui. Che volete, Polo mio? S'è fitto in capo di vincere!

- E vincerà... lo temo!

- Però... animo, Polo... coraggio e costanza.

E così dicendo il dottor Cipriano uscì.

Era il dottor Cipriano uomo di cinquant'anni, di ritta statura, altero, grave. Calvo e giallognolo, il suo capo aveva un impero indefinibile, tanto da incuter rispetto e tema in chi lo guardava. Gli occhi neri, lucenti, muovevansi celermente nell'orbita, ed in quello sguardo si scopriva l'acutezza indagatrice; la bocca sempre chiusa lasciava mai o quasi scorgere attraverso le pallide labbra i denti ancor sani ed interi. Teneva di consueto le braccia incrociate, il passo era lento e misurato, il moto della persona dignitoso e solenne. L'abito nero, elegante e slacciato gli scendeva in falde lungo i fianchi; nessun ornamento dorato gli splendeva sul panciotto pur nero, e ricercata calzatura teneva ai piedi. Personaggio molto stimato e in Pozzallo e nella contea tutta, godeva riputazione d'uomo influente e colto, apparteneva all'Accademia di Modica, aveva casa, giardino e poderi al Zango, e due volte al mese scendeva a Noto in qualità d'ispettore delle scuole. Affettava protezione pel giovane Polo e spesso desinava col suo «adorato figliuolo.»

Conosceva i Brancato da molt'anni, e col padre di Polo aveva avuta stretta dimestichezza. Educatore di questo dall'infanzia, frequentavane il palazzo e grande autorità vi godeva. Grave alterco ebbe un dì col padre Brancato, e da allora in poi erasi licenziato, mantenendo però una larva d'affezione al discepolo. Assai s'era parlato di sì clamorosa rottura, nessuno seppene bene il perchè.

Profondo ricordo, del resto, dovevano averne tutti conservato, essendochè e Polo mai parlava del padre in presenza del dottore e Cipriano smarriva ogni allegrezza al solo rammentarsene!

Appena ebbe abbandonata la sala, Cipriano s'arrestò, levò in alto la destra, e volgendosi alla porta per la quale s'accedeva allo studio di Polo, sussurrò con voce rantolosa e sprezzante:

- Speri vincer la prova?... aver fama dal tuo libello infernale? ottenere il titolo?... no, no, giovinastro, disilluditi... tra te e la cattedra sta Cipriano!... non ancora è cancellata l'onta... pensa, fanciullo, al 14 aprile!

Gli occhi sfavillarono d'indegno tripudio, ed un guizzo di codardo orgoglio corse al dottore per tutta la persona. Affrettò i passi, e giunto sul loggiato, salutò colla mano e col viso composto a paterno sorriso il giovane allora comparso al balcone; onesto e sincero, poteva Polo sospettare la perfidia di Cipriano? Ad un servo che gli schiuse i cancelli fe' ringraziamento col leggiero chinar del capo, e dalla scalea per la quale si scendeva nella piazza del borgo mosse alla volta della via di Scicli. Là giunto, salì nella carrozza che l'attendeva, e al cocchiere che lo interrogò disse in tono mellifluo e piacente:

- A Modica!

Polo seguì dal balcone la partenza del maestro, e il rumore delle ruote era già tutto cessato che ancora teneva lo sguardo sulla strada dei colli. Alfine si scosse, s'accostò al parapetto del ballatoio, vi poggiò i gomiti, e piegando lentamente la persona mirò con occhio stanco il mare poco lontano.

Vasta scena s'apriva dinanzi e lontano lontano il mare si confondeva col cielo serrando in armonico cilestre l'orizzonte dell'isola. Quell'ampia e levigata superficie delle acque era calma, e lunghi ma incerti raggi di sole screziavano qua e là le placide onde distese dalla costiera a Gozzo e da Malta al dilungato lido africano. Nessuna vela ne rompeva anco dai lati la monotona solitudine, sola una striscia ben sottile di fumo lasciava supporre che un piroscafo costeggiasse la nebbiata Calabria, L'azzurro dell'atmosfera, non segato da nuvoloni, era però ad oriente arrossato dai riflessi lucenti, i quali dipingevano in stupendi colori e con bizzarra dissonanza quell'angolo del poetico quadro. L'aria non agitata da venti, era ristorata dalla leggiera brezza della sera di settembre.

Sta Pozzallo alle falde delle leggiadre montagne che dai picchi del Mongibello scendono in leggiero pendio sino al Passaro ed alla sua destra scorre e si getta in mare il fiumicello Scicli che sbucato dalla deserta valletta d'Empedocle tocca Modica e feconda le praterie del Giarciore e di Donnalucata. Dalla punta di Magaluco a porto Longobardo, cioè dal faro più meridionale ai declivii del fiume Ragusa, piccoli seni e piccoli capi s'incatenano e s'intrecciano con bellissima vaghezza; levando poi lo sguardo su su verso i monti appaiono, prima campi irrigati e pascoli, indi colline boscose e smaltate da cascinali e abituri, in fondo colli, più in là i dirupi dell'ultima catena d'Apennino. E in mezzo allo squallido grigio delle roccie torreggia l'annerito castello di Modica, il quale (a guisa dell'aquila che dalla cima della quercia spazia coi torvi occhi il piano sottostante) edificato sull'altura protegge la città raggruppata alle falde e sembra minacci anco da lontano l'invasore. Da Magaluco e da Longobardo lo si scorge ritto frammezzo alle immobili pietre del monte.

Polo contemplò lunga pezza questa scena, ma intanto la notte era calata e denso velo ricoprì tutti gli oggetti. Si ritrasse adunque dal balcone, serrò le vetriate e scese nel salotto. Sedette allo scrittoio, aperse il manoscritto, e sfogliando s'arrestò senza averne intenzione alla pagina che così chiudeva:

«Il fine della virtù, ha detto lo storico Cuoco, è la felicità. Questa, equilibrio tra desideri e forze, e perciò soddisfazione dei bisogni, non si ottiene che colla libertà, la quale per essere essa stessa necessaria vuolsi ottenere ad ogni costo, con tutti i modi razionali che stanno nel potere delle moltitudini. Il buon uso della libertà genera l'ordine, con cui ogni sistema d'organamento regge e lavora. Ma ogni culto ha i suoi sacerdoti, la libertà ha i suoi altari, e infiniti cadranno o fiaccati o spenti appiè del gonfalone di costei. L'agnello, quando la patria corre pericolo, diventa leone: allora (così il mansueto Pellico) combatte e vince, o muore!»

Una lagrima di melanconico entusiasmo spuntò sulle palpebre di Polo, e per non piangere lasciò il libro e se n'andò.

III

Spuntava appena l'alba del dì susseguente al colloquio di Polo col dottor Cipriano, che una tartana, la quale nella notte aveva viaggiato dal Capo Scalambro a Pozzallo, sbarcava al Giarciore un giovane sconosciuto. Posto piede a terra, costui traguardò lungo il sentiero se qualcuno apparisse, e rassicurato, a celeri passi s'addentrò salendo di gran lena la costa. Taciturno e tutto incappucciato nessuno l'avrebbe potuto ravvisare; il solo camminar frettoloso attestava ch'egli era vivo, ma nel cervello infiniti pensieri gli s'affollavano l'un all'altro avversi e nemici. Raggiunto il piazzale del paese, mosse verso il palazzo Brancato, e battuti tre colpi alla porta stette sospeso ad aspettare. Poco dopo rimbombò nel silenzio dell'atrio il calpestìo di alcuno che accorreva e il cigolare dei chiavistelli risuscitò in petto al giovane l'ansia tormentosa del dubbio; nel vano dell'apertura si mostrò un altr'uomo, e fatto cenno colla mano che s'accostasse, sussurrò:

- Siete voi, Luchino?

- Sì, Polo mio!

S'abbracciarono, e stretti in quel commovente amplesso passarono il portico ed entrarono nella sala. Luchino gettò a terra cappello e pastrano, si lasciò cadere in una seggiola e disse:

- Finalmente!

- D'ove vieni?

- Da Alicata. Ho parlato agli amici in Palma, a Naro, a Girgenti. Due settimane or sono ero ancora a Roma: comandato dal Venerabile partii per Napoli e di là per Palermo...

- Fosti a Palermo?... le nostre idee vi si diffondono? i cugini lavorano?

- Tutto va bene. Vidi il cancelliere, vidi gli amici, lessi i proclami... ad alcuni, ai migliori, fu imposto scrivano opuscoli di morale civile... ed a Ruggiero, sai? il Venerabile ordinò un libro sul vero destino dell'uomo... è insomma la demolizione...

- Anch'io, Luchino, ho obbedito. La storia di Socino è compiuta.

- Davvero? Oh te beato, Polo, che rechi sì prezioso tributo all'avvenire... a me tocca sempre l'ufficio del cavallo... corro, corro, viaggio...

- E da Palermo?

- Da Palermo passai a Corleone, a Sciacca: ovunque ordine e lavoro.

- E speri?...

- Spero.

- Il popolo si lascierà persuadere?

- Oh si, è necessario. Infranto il piedestallo cadrà la statua.

- È la statua di cui parlano i poeti. Tutta d'oro e bronzo, ha i piedi di creta.

- Il sassolino franato dal monte li spezzerà.

- Dunque?

- Dunque, Polo mio, coraggio ed audacia. Già in Roma si prepara la rivolta... ai confini della Toscana e dell'Umbria s'agglomerano baldi e arditi migliaia di giovani... Lui è là; sarà il capitano dell'impresa.

- Che pensi intanto di fare?

- Stanotte andremo a Modica, raccoglieremo i cugini della città, ridesteremo gli entusiasmi... e pur la Val di Noto sarà rappresentata nella falange...

- Domani appunto dovrei leggere al Collegio...

- Sta bene. Molti di essi ci sono amici... e il preside?

- Il dottor Cipriano? il vecchio maestro mio? non lo stimo sleale, è uomo franco e...

- Anche dopo il 14 aprile?

Polo rabbrividì, ma superatosi aggiunse:

- Sì, Luchino.

- Meglio ancora.

- Stanotte...

- Attendimi. Verrò ai cancelli col biroccio. Darò tre colpi. Non mancare. Addio,

«...... non lo stimo capace di leggere filosofia. Balzano e più ancora settario non milita nel campo della verità, e s'è corpo e cervello affiliato a' framassoni. Illuso, sedotto, accecato da eretici paradossi, egli sostiene a spada sguainata e col coraggio ardimentoso della gioventù le massime della nuova sofistica, e nessuno più di lui sprezza ed ingiuria le sante tradizioni. Paladino di codeste empietà; seguace, ammiratore, amico, di codesti novelli scrivacchiatori, diffonditore di codeste dottrine che paion recenti perchè piovuteci testè dalla Francia degli Enciclopedisti; nel suo libro, fortunatamente tuttor inedito, sulla vita e le opere dell'empio Socino, Polo Brancato, corrotto dall'infame esempio del padre, sparge a piene mani il ridicolo e la contumelia sulla religione degli avi e predica coll'impudente alterezza dello stolto fanatico la crociata (concedete che usi la parola sacra a sublimi ricordanze) contro l'Arca del Signore! No, no, licenziatelo, affidate la cattedra alla saggia gravità del duca......»

Così scriveva il dottor Cipriano a personaggio autorevole nell'Ateneo di Catania, e nel chiuder siffatta lettera delatrice uno strano sorriso gli sfiorava le labbra. Suggellò il foglio, scosse il campanello e al chiamato lo consegnò dicendo:

- Mettila subito in posta.

- Sarà fatto... il Collegio è raccolto... si aspetta Vossignoria.

- Vado, vado. Quella lettera a destino.

Passeggiò a lunghi passi la camera e con foga irrompente ripetè a sè stesso i concetti dello scritto. Gli brillava in viso la soddisfazione, aveva più largo il respiro, e quasi per istinto batteva le mani. Alla fine, bruscamente fermandosi nel mezzo dello studio, alzò la voce e pronunziò:

- Figliuolo di Matteo Brancato... difensore della ragione... rivendicatore di Fausto Socino... a noi due!

E mosse per uscire. Ma nell'atto di passar la soglia, alzò in contegno supplice lo sguardo e balbettò:

- Vittoria o sconfitta?

Scosse lentamente il capo, sogghignò e disse:

- Cipriano, trionferai!

La vasta sala, nella quale il Collegio era radunato, sfarzosa per ricco addobbo e per superba architettura di quel Paolo Labisi che e in Roma e in Napoli e in Messina e persino nel Messico lasciò egregia fama, ricorda a coloro che la visitano i più gridati fatti della storia siciliana. Là entro raccolsero il popolo a comizio i principi saraceni, il conte Ruggiero, alcuni Svevi; là arringarono Carlo Angioino e gli ammiragli d'Aragona; là l'ambasciatore di Carlo V impose alla valle ubbidienza e fedeltà; là Filippo I e uno scudiero d'Amedeo promisero pace e protezione alla contea; là poetò il netino Marrasio; là Pietro Pipi scrisse il libro sull'incendio dell'Etna; là Sinatra dettò le regole dell'Accademia e Antonino Tedeschi raccolse con pazienza d'erudito le memorie della città, state poi poco dopo la sua morte disperse dagli ignorantissimi eredi; là entro sempre si tenne vivo il pensiero della libertà, il desiderio di civile ristauro. Tele di rinomato pennello ne ornano le ampie pareti ed accanto al seggio del preside s'erge in bianco marmo l'effigie venerata del fondatore.

I soci (ben trenta) erano sparsi a gruppi in essa, e fra ciarle e ragionamenti attendevano la venuta di Cipriano. In un cerchio di otto o dieci ascoltatori stavano Polo e Luchino, affannati a render conto a quegli amici dei moti preparati e delle fila tese e annodate.

- Credetemi--diceva Polo,--la nostra è causa giusta, e vinceremo. È guerra non di conquista ma di filosofia. Questi avanzi del passato, queste cassandre del risorgimento, devono cadere e cadranno. Tanti strazi, tanti patimenti sopportati, tanti studi, tante veglie sostenute, non hanno ad aver compenso? Innumerata schiera di pensatori agitò, discusse, svolse questi giganteschi problemi... e le sudate fatiche di tanti onorandi non avranno scopo? La civiltà, il benessere delle moltitudini, il volo dell'intelletto, sono fieramente osteggiati... sì, eziandio traditi e venduti!... in quella storica terra sventurata... e noi lascieremo che il Tevere bagni più a lungo i campi e le lande di italiani schiavi? Credetemi, amici, non possiamo, non dobbiamo, non vincere... o che la ragione non debbe alla fine trionfare? e la ragione non è la verità?

- Ben diceste, o Polo--esclamò preso da entusiasmo Luchino.

- Ben diceste: la libertà di Roma sarà libertà delle nazioni: cacciato il falco i passeri lasciano il nido e gioiosi svolazzano.

- Luchino, Luchino, il vostro augurio è felice, e tale lo desidero alla patria. La ragione, svincolata e vittrice, segnerà il rifiorimento d'Italia.

- E intanto?

- Intanto? aiutiamo colle braccia il lavoro della mente... siamo soldati per essere utili, ed appena il segnale della battaglia sia dato io volerò a serrarmi nelle fila dei più arditi.

- Vi seguirò, Polo. Dovessi segnarmi la morte! Luchino rimarrebbe solo, umiliato, mentre gli amici combattono?

- E muoiono! Sì, perocchè morrei prima di ceder l'arme!

- Anch'io, Polo, vi seguirò--interruppe Pericle.

- Anch'io--gridò Ciro.

- Anch'io, anch'io--esclamarono quattro fra gli ascoltatori, e tutti serrarono con giovanile baldanza le mani di Polo e Luchino. I quali commossi alle lagrime, baciarono con vero affetto quei gagliardi.

In quella il dottor Cipriano apparve.

- Signori--egli disse--paterna gioia mi commuove il petto ed in cuore provo contento grandissimo.

- Che è, che è?

- Finalmente... e dico finalmente, o colleghi, giacchè sino a ieri avversa gli fu la fortuna... finalmente le squisite facoltà dell'animo e della mente di un mio diletto figliuolo, vostro egregio amico, vennero riconosciute.

- Chi mai?--proruppero ad una sol voce Pericle e Ciro, ed i loro sguardi si rivolsero a Polo.

- Chi mai?!.., e debbo dirvelo?... Polo Brancato, mio adorato allievo, fu ieri accettato come primo candidato alla cattedra di filosofia...

- Io?!

- E sto mallevadore, signori, che appena data in luce la sua opera sul grande Socino, Polo verrà eletto.

- Posso sperarlo?

- Oh Polo mio, qual festa!--gridò il buon Luchino, e l'abbracciò. E dopo lui l'abbracciarono Ciro, Pericle, i colleghi; tre grossi baci gli stampò in fronte Cipriano.

V

Dieci giorni dopo quest'onore reso a Polo, Cipriano passeggiava in un salotto terreno della suo villa al Zango, il quale, paesuolo a mezza via tra Modica e Pozzallo, sta a cavaliere della china che dai colli va morendo su Scicli e giù giù sulle sponde del Ragusa. Era sera e pioveva a dirotto: la brezza umida e intirizzente che spirava dalle alture verso mare metteva nelle membra un brivido convulso ed accresceva a mille doppi la noia dell'aspettare. Il preside camminava da una parete all'altra della camera, le cui finestre s'aprivano sul giardino. Sovr'al tavolo, ingombro da carte e libri, rosseggiava la stanca fiammella della lucerna; la luce vaga e melanconica di essa sparsa a sprazzi lungo le verdastre pareti e le cortine pur verdi conciliava a cupa tristezza Cipriano, che solo e a capo chino v'attendeva il vecchio duca *** di Siracusa, e di tratto in tratto alzava gli occhi verso una clessidra vecchio arnese ereditato da padre in figlio siccome ricordo di famiglia.

- Che non venga?... eppure la lettera diceva oggi... sì, duca, al vostro Alberto l'Università... a me... il Rettorato! Ebbene?... la ricordanza del 14 aprile, il solo rammentarmi di Matteo Brancato... mi mette in cuore la smania della vendetta... sono dieci anni che la covo... che la desidero... oggi la fortuna mi aiuta, e non n'userò?... la mia ambizione non ha ad essere soddisfatta?... e poi... non basta alle porpore ed alle tiare che ne strazii la crescente rinomanza?... razionalista, difensore di Socino, amico delle plebi... non è Polo degno d'anatema?... suvvia, Cipriano, forza... alléati al Duca... la di lui potenza e la scaltrezza tua... parmi rumor di ruote... sì, sì, è il duca!... Cipriano, non mentire a te stesso, sii astuto, sii anco temerario... e fra tre mesi sarai Rettore in Catania!

Si rassettò in fretta la veste e composte le labbra a sorriso mosse per uscire; ma nell'istante in cui alzava la mano per schiuder le imposte, queste si spalancarono e la vecchia fantesca entrò annunciando il duca ***. Cipriano a quel nome fè un inchino profondo e al personaggio apparso sul limitare sussurrò:

- Duca, troppo onore!

Vestiva il Duca un lungo robbone di saio nero foderato di seta, la grossa catena d'oro dell'orologio ne ornava la duplice bottoniera, e la barba bianchissima gli scendeva prolissa sul petto. Severo nell'aspetto, alteramente libero nel portamento, riciso parlatore, acuto nello sguardo e attento, il suo volto imponeva; una tal quale maestà, spirava da quella sua alta figura che nemmanco il più brillante sfaccendato e impudente sprezzatore avrebbe potuto sottrarvisi. Abituato alle corti, il duca *** erasi fatto abito la sostenutezza diplomatica; le sue parole brevi e mordenti recidevano ogni discussione, e nel fuoco de' suoi occhi scorgevasi viva e incancellabile l'abitudine del comando. Devoto al Borbone, era stato in sua gioventù ambasciatore in Ispagna e nella corte di là aveva esercitata grande influenza, da Madrid inviato a Roma era penetrato ne' segreti cardinaleschi ed aveva annodata amicizia coi più illustri porporati. Caduto il padrone, anche il servo cadde; ma il duca *** uomo ambizioso ed avido d'onori tanto seppe piegare e molcere che creato Senatore riebbe la primiera autorità e salì di scala in scala ai più alti titoli del nuovo Reame.

Cipriano, in sembiante umile e dimesso, avanzò verso il duca un seggiolone e tenendoglisi chinato innanzi ripetè:

- Duca, troppo onore!

- Dottor Cipriano--disse il duca--stimo fortuna l'avvicinarvi. So che molto è il vostro ingegno, che grandi sono i meriti vostri, epperò mi consolo davvero d'aver a trattarli con uomo riverito e stimato.

- Duca, i vostri elogi mi confondono. Non mi si convengono, e la vostra cortesia più che inorgoglirmi m'umilia.

- Suvvia, lasciamo le frasi. Grave discorso abbiamo a tenere. Sedete, dottore, siete in casa vostra e questi complimenti mi spiacciono.

Il preside s'avvicinò una sedia e messosi al fianco del vecchio ambasciatore attese che parlasse.

Intanto l'acqua cadeva ancora a rovescioni e la smorta luce della lampada quasi sentisse ribrezzo della bufera dei colli pareva dileguasse e svanisse. Il duca e Cipriano, seduti a lato del tavolo, erano pallidamente rischiarati da quella fioca fiamma, e le loro fredde e rigide figure sembravano due statue da cimitero.

- Dottore! La vostra lettera mi ha giovato, e tengo sicura la chiamata del mio Alberto...

- Non feci, duca, che rendere l'omaggio dovuto al figliuol vostro.

- Le precauzioni da me prese e le raccomandazioni vostre accertano Alberto... il candidato livornese fu fatto ritirare... questo Polo Brancato...

- Il Brancato?... non temetelo, duca. Giovane, inesperto, esaltato, traviato da falsi amici e fallace filosofia, egli non può esser tenuto siccome serio competitore.

- Eppure e in Noto e in Siracusa se ne loda assai l'ingegno.

- Elogi comprati! figlio di Matteo Brancato, consuma l'oro mal guadagnato dal padre... e da questi ereditò vizi e basse passioni... affetta razionalismo! tutti gli esaltati per ciò lo esaltano! fa il patriota!...

- Dottore... lasciamo questo lato... la mia politica... via...

- Sono dodici anni che ci conosciamo, duca... avreste perduta la fede?

- Dottore, dottore!

- Polo Brancato non può nemmanco aver l'audacia di lottare col duca ***!

- Lo spero. Ma pure sarà bene che lo si escluda davvero. Il voto vostro, dottor Cipriano, è...

- Voterò per Alberto ***.

- Grazie, amico. Ed io che farò per voi?

- Oh duca!

- Dottore...

- Che dite mai?!... mi si proponesse una prefettura non accetterei!

- La dignità di rettore in Catania... lo sapete?... è da un anno vacante... a Firenze... lo so dai ministri... si pensa ad installarvi un professore di Genova.

- Beate le scuole se il capo sarà operoso!

- Dottore! e se proponessi voi?

- Duca, duca! burlate?... io, sì fiacco, sì povero di spirito e dottrina?...

- Voi... bravo, profondamente dotto... amico dell'ordine e delle legittime potestà...

- Dotto? duca, per carità...

- Che? non ho a dirvi la verità, tutta la verità?

- La verità, non l'adulazione.

- Suvvia, dottore, ho deciso di propor voi a rettore... e lo farò.

- No, duca... lo vieto!

- Dottor Cipriano... non permettetevi più oltre l'opposizione. Ho deciso.

- Duca... perdonate... giacchè lo volete... obbedisco.

- Fra tre mesi Cipriano Giaracà sarà rettore in Catania!

Chi avesse potuto in quel punto scrutare attraverso il petto nel cuore di Cipriano v'avrebbe scorta facilmente una gioia violenta appunto perchè nascosta, la quale commovevagli tutta la persona e gli metteva ne' pensieri un senso nuovo di tripudio e fiducia. La dignità a lungo vagheggiata eragli omai offerta, anzi imposta; il preside dell'accademia della piccola Modica avrebbe presto occupato il seggio universitario! Di tutto questo bollore, nulla però trasparì sul viso al dottore; che, come sempre, freddo ed immobile, inchinò il diplomatico, mormorando il solito ritornello:

- Duca, troppo onore!

Il duca sorrise di compiacenza, e già s'alzava, allorchè uno strano gridío scoppiato a poca distanza dalla villa lo percosse, arrestandolo meravigliato. Il preside, spaurito, corse alla finestra, spalancolla, traguardò fra i salici e le palme del giardino, tese l'orecchio e ascoltò. Lontano si gridava Viva Italia, ma a poco a poco tutto tacque e la finestra fu rinchiusa.

VI.

Nel mentre Giaracà attendeva al Zango il duca ***, in una povera stanzuccia d'una casa poverissima di Modica, Luchino impazientiva pel ritardo di giovani aspettati. Un fascio di lettere gli stava innanzi su d'una zoppa tavola, un piccolo valigiotto era appeso ed una pistola luccicava sul lettuccio. L'amico di Polo sembrava oltremodo agitato, ed il respiro gli si fece più libero solo allorquando l'uscio s'aprì e cinque individui comparvero. Vestivano tutti da viaggio, ed appena entrati abbracciarono stretto Luchino carezzandolo con giovanile effusione.

- Siete pronti?--disse subito Luchino.

- Eccoci. Partiremo presto?

- A minuti la carrozza sarà in piazza.

Pericle e Ciro, senz'altro, raccolsero la pistola e la valigia, e spalancato l'uscio discesero. Luchino, disse addio collo sguardo alle nude ma care pareti della cameretta, intascò il fascio, e fatto cenno ai tre che precedessero, passò la soglia e chiuse. Poco dopo i sei viaggiatori da una scura callaja sbucavano sul foro del castello.

Un montanaro s'avvicinò a Luchino e senza mover parola gli additò la carrozza pronta nel lato più remoto della piazza. Già cadevano le prime gocciolone e il cielo scuro scuro non dava modo di scorgere gli oggetti circostanti. Il framassone rispose con un segno misterioso di mano allo sconosciuto e raggiunta la vettura pregò gli amici a salirvi. Questi adagiati, trasse dalla tasca le lettere, e consegnolle all'uomo cui alzando in viso lo sguardo disse:

- Pincio, queste lettere le affido a te. Sono importanti, e lo smarrimento di una sola di esse rovinerebbe il lavoro... abbine quindi massima cura e presto inviale a destino.

- Non temete, cugino. So bene che gravi ragioni stanno contenute in queste carte. Me ne avvisò appunto stamane Polo Brancato.

- Queste lettere sono sue.

- Sapevo.

- Quasi tutte sono indirizzate a Palermo. Qualcuna è per Trapani... poche a Catania. Pincio, addio!

E la carrozza partì.

Il montanaro non si mosse se non allorchè la vidde assai dilungata, e dato uno sguardo tutt'all'intorno si pose a riparo dalla fitta pioggia sotto la merlata della torre. Poco appresso però, lungo le mura del forte, Pincio sbucò sul foro e a lesti passi risalì alla volta della montagna.

La carrozza di Luchino ed amici arrivò in quel frattempo al Zango. Innanzi la casa di Giaracà sostò e Ciro saltò a terra pel primo: dalle arcate uscì Polo dicendo:

- Eccomi!

- Polo--gridò Luchino--le lettere viaggiano... al resto pensasti?

- A tutto.

- Polo mio--susurrò Pericle--Polo mio, abbiamo a compiere un sacro dovere... lo so; ma ci arriderà la fortuna?

- Pericle, abbi animo. Al soldato che giura devozione alla bandiera è promessa forse salva la vita?

- Viva Polo!--esclamarono gli altri eccitati dalle parole solenni del Brancato--Viva Polo!

- Viva Italia, amici, viva la ragione!

- Viva Italia!

Fu questo grido che scosse Cipriano e il Duca.

- Affrettatevi, Luchino. Prima che spunti l'alba di domani sarò di ritorno a Pozzallo.

- Sei la guida nostra, o Polo. Non mancarci.

- Domattina.

- All'alba.

La carrozza partì e Polo passato l'atrio suonò alla porta del preside.

Il duca *** all'annuncio del giovane, fe' d'occhio a Cipriano, ed alzatosi spalancò l'uscio di una camera oscura e là entro a passi lenti sparve.

Il preside si mosse verso la porta e con un ghigno insidiosamente beffardo, susurrò:

- Già qui?... le mie arti son dunque riuscite?... l'agnello viene a riparo presso il lupo?... e lo scritto mi sarà da lui... da lui stesso consegnato? dunque? Ah, Cipriano, ricordati del 14 aprile!

VII

- Oh Polo mio!... venite, venite. Qual buon vento?

- Maestro!... prima di abbandonare la Sicilia...

- Partite?

- Sì. Un grave dovere mi chiama in continente; epperò innanzi lasciare... forse per l'ultima volta... questa patria mia, volli abbracciarvi, vedervi... affidarvi un incarico.

- Sedete, Polo.

Brancato si lasciò cadere colla persona nella seggiola e veduto Cipriano imitarlo continuò:

- Davvero, maestro. Solenne è il dovere che vado a compiere fuor della valle. Che volete? non lo contesto, mi si squarcia il cuore nel dir addio a' miei monti, al mio paese, al mare che dal terrazzo scorgo ed ammiro... nel separarmi da un'angelica fanciulla... timore e rispetto per voi, dottore, per l'età vostra, per l'autorità che avete su me, m'hanno sinora rattenuto dal confidarvi questo segreto del mio cuore!... ebbene, anche da lei deggio dividermi... da lei che amo come folle... che adoro!... lascerò i libri, gli studi... che monta?

- Polo mio... perchè far mistero al vostro Cipriano? sapete bene che v'ho veduto nelle fasce, che fui il più sviscerato amico di Matteo...

- Povero padre mio!

- Che v'educai e vi fui guida... lasciate la valle? ma quando? perchè?... solo?

- Lascio la mia terra perchè lassù in riva al Tevere si combatte e si muore... lascio Pozzallo e le mie care colline perchè onore e dovere mi chiamano... lascio gli oggetti a me più cari... voi... Eloisa... amici e compagni... perchè non di soli studi nè di solo amore debbo vivere... oggi il vero patriota impugna le armi per essere libero e sapiente domani!

- E partite?...

- Domattina. Sei amici m'aspettano.

- E andate?

- A Rieti.

- Non sta in me, Polo, lo spegnere il santo entusiasmo che v'arde in petto... non io dirò, a giovane e poeta qual voi siete, restate! Giacchè questo è il destino vostro... giacchè così avete deciso... andate, figliuolo... ma anche lontano ricordatevi... oh sì, promettetelo!... di coloro che v'amano, di me che vi sono affezionato siccome padre!...

- Oh maestro!

- Di me, sì, che benchè a malincuore in dissenso col genitore sempre pensai a voi... all'infelice madre vostra!

- Oh dottore! le vostre parole mi commuovono... sento crescermi in cuore una tenerezza nuova per voi... il perdono che ora offrite alla memoria del padre mio... raddoppia in me la riconoscenza... ve ne ringrazio! Ma, vi prego, lasciate che ritorni al primo scopo della mia venuta.

- Dite, dite, Polo.

- A voi, maestro, nulla de' miei studi è nuovo. M'avete incoraggiato e fatto plauso.

- Che, Polo? vorreste che avessi sprezzato l'ingegno vostro, l'affetto grande che portate alla scienza?

- La mia difesa di Fausto Socino non v'è sconosciuta. Domattina parto... e mi dorrebbe lasciar solo e inutile quel mio breve lavoro!

- Lo recate seco voi?... no, no, Polo, piuttosto affidatelo a me... ne avrò la massima cura...

- Davvero? oh non m'ero ingannato!

- Dunque, figliuolo?

- Speravo appunto che avreste accettato questo ufficio. Ma non basta, maestro...

- Suvvia, Polo...

- Desidero che... gli eventi della guerra sono infiniti, potrei non tornare...

- Che dite mai, Polo? perchè queste malinconie?

- Potrei non tornare... non è egli possibile che una palla m'uccida o un gendarme mi chiuda in Sant'Angelo? Vorrei dunque, dottore, che allora... ma solo allora... lo pubblicaste, dedicandolo per me ai nuovi martiri!

- Polo! ho fede che non adempirò al mandato... perocchè tornerete. Ma dato che la sorte... vi corra funesta... dato che Cipriano più non debba rivedervi... allora, oh si, solo allora... affiderò alle stampe la vita di Socino.

- Grazie, maestro, grazie!

- Non dubitate, Polo. Aveste sempre in me l'amico più fidato... sempre vi sarò legato coi sacri vincoli dell'affezione!

- Cosicchè... anche morto... avrò in voi un amico, un difensore?

- Oh Polo! cessate, ve ne scongiuro! queste tristezze mi trambasciano, potreste dubitarne? a me rimarrà sempre in pensiero siccome scolpito a lettere di bronzo il nome del figliuolo di... Matteo!

- Solo il nome?

- Oh no, Polo mio... non v'amo, io, povero vecchio, come nessun padre amerebbe?

E Cipriano, con effusione d'affetto irresistibile serrò al petto il giovane Polo; il quale commosso alle lagrime e in quella mestizia tripudiante abbracciò con figliale tenerezza il maestro baciandolo e ribaciandolo.

Passarono parecchi minuti, ed alla fine svincolatisi, il preside chiese con voce interrotta dai singhiozzi:

- E il Socino?

- Eccovelo, maestro.

Polo infatti trasse dal pastrano il manoscritto e glielo sporse. Il dottore lo guardò e tutto premuroso andò a riporlo in un armadietto.

- Addio, dunque, maestro.

- Addio, Polo mio, fatevi onore... ma serbatevi alle speranze della valle!

- Addio, maestro, addio!

Spalancò l'uscio e, quasi fuggisse, s'allontanò.

Il duca *** nel medesimo istante riapparve, e scosso Cipriano che stava immobile collo sguardo prostrato, gli gridò all'orecchio con voce cupa e tremante:

- Dottore, il voto vostro è ancora...

- Per voi, duca!

Ed un lampo sinistro brillò negli occhi di Giaracà.

Il duca lo comprese e rispose a quello con uno sguardo di gioia feroce.

- Cipriano, ricordatevi del 14 aprile!

VIII.

Suonavano dalla torre di Pozzallo le prime ore del mattino, che Polo apriva il cancello del palazzo e scendeva al mare.

Qualche cosa di greve e pesante minacciava non lontana la tempesta. Non una foglia, non un filo dell'erba s'agitavano; i pochi uccelli che là e qui volavano sparsi sull'ampia faccia del mare quasi presaghi di prossimo uragano, piegavano l'ali e calavano a nascondersi fra i cespugli e le grotte della ripa; le acque immobili ti davano immagine di specchio ben lisciato; nuvolaglia bigia e opaca sorgeva lenta lenta sull'orizzonte e vagava incerta e spezzata per la volta cerulea. Deboli raggi di luce annunziavano che il sole compariva e quei raggi rifratti dalle nubi si riflettevano nell'onde, le quali così variegate simulavano i colori dell'iride. Ogni gaiezza, in quel silenzio e quasi direi agonia della natura, affievoliva e cessava; indefinibile, cruccioso sconforto, avviliva l'animo e le sofferenze della vita ripigliavano in tanta atonia la molcita possanza.

I compagni l'attendevano ed appena lo viddero spuntare lungo l'argine gli corsero incontro facendogli festa. Ma Polo, pensieroso e mesto, non rispose col sorriso a quell'amichevole tripudio; anzi, stese loro le mani in atto d'affetto, esclamò:

- Non rallegriamoci, la partenza dalla terra natale è sempre dolorosa.

- È vero, Polo--rispose Ciro--è vero. Anche a me l'angoscia fa gruppo qui nel cuore...

- Oh sì, non facciamo ad ingannarci--interruppe Pericle--l'abbandono delle famiglie è pur straziante!

- Permetti, Polo--disse alla sua volta Luchino avanzandosi insieme con un giovane d'aspetto robusto--permetti che ti presenti Adolfo.

- Anche voi, Adolfo? V'aspettavo, siate il benvenuto.

- Il vostro esempio, Brancato, mi rinnovò ardire e coraggio. Stanotte salutai a Scicli lo zio ed ora eccomi seco voi. Spero bene che vorrete accettarmi compagno: sfideremo insieme la sorte, e se qualche alloro ci sarà dovuto insieme n'avremo tripudio.

- Alloro?... no, Adolfo. A noi poveri fanti d'esercito sterminato è unico compenso la gloria di combattere ed anche cadere per la gran bandiera della risurrezione. Ai soldati oscuri operatori d'ordini a loro ignoti è serbata la fossa... beate le loro spoglie se vi ponno riposare con pace! ai condottieri spetta il trionfo; ad essi dunque l'onore della vittoria e l'alloro!

Nessuno rispose alle melanconiche parole di Polo e però senz'altro calarono.

Raccolti nell'umile burchio che li aspettava, quegli otto giovani, prima di spiccarsi davvero dalla riva, gettarono d'istinto uno sguardo di saluto e commiato ai declivii ed ai colli. E negli occhi rivolti alle amate alture brillò improvvisa una lagrima, e su quelle fronti balde e rigogliose passò rapida a guisa di baleno la ricordanza delle gioie infantili, dei furori del primo amore, dei primi disinganni, delle disillusioni, della cresciuta esperienza, delle angoscie!

Al balcone della più vicina casa del paese apparve allora la bella figura d'una giovanetta. Vestiva l'abito nero in segno di lutto, e quel viso pallido e scolorato aggiugneva avvenenza all'aerea persona. Guardò giù lungo la costiera e ravvisata la barca alzò la destra sventolando il fazzoletto. Polo la scorse e al saluto rispose con un addio prolungato... povero giovine! la sua Eloisa era là, lo salutava, inviavagli col palmo della mano il bacio dell'augurio! non era uno strazio, per lui sì disperante del ritorno, quel saluto innamorato?

Adolfo fu muto e non supposto spettatore di quell'addio, guardò Eloisa, guardò Polo, ed un sorriso di fratellevole compiacenza gli spuntò schietto e sereno sulle labbra.

Finalmente il burchio, spinto da dieci remi, si staccò dalla sponda e prese il largo. E nel mentre la navicella ad ogni istante si faceva vieppiù indistinta e confusa, la giovinetta ritta nel vano del balcone teneva fisso lo sguardo sull'adorato Polo suo!... allorchè il burchio fu scomparso, Eloisa si ritrasse precipitosa e pianse!

IX

Il 2 dicembre di questo stesso anno, nel Ducezio, giornale dei liberali di Noto, si lesse:

«Apparve testè coi tipi dell'Accademia in Modica, la Vita di Fausto Socino, lasciata inedita da Polo Brancato di Pozzallo. Amaramente delusi nella nostra aspettazione, non possiamo che augurar l'oblio ad un libro sì indegno; perocchè vi leggemmo non un'apoteosi o almeno una difesa dell'onorando sienese, sibbene una trista e gesuitica filippica. Da Brancato, già da parecchi anni rispettato nell'isola siccome d'addottrinato ingegno e d'animo caldamente razionalistico, non ci saremmo mai aspettati tanta violenza partigiana e calunniosa. Lo scarificatore del buon nome di Socino era egli ipocrita allorchè predicava la ragione e la democrazia? ovvero gli si affievolì il cervello innanzi tempo e con esso la costanza e la dignità? Questa sua Vita non è ad ogni modo altro che un cattivo e mal digesto abboracciamento della famosa Storia del Socinianismo uscita nel 1723 a Parigi coll'approvazione in nome di Luigi l'Amato per la grazia di Dio re di Francia e Navarra dai cancellieri Daguesseau e Carpot; e per di più non fa parola delle celebrate polemiche dal Socino sostenute contro Erasmo ed Eutropio recate ed annotate nelle Fausti Socini Opera Omnia pubblicate in due tomi ad Irenopoli post annum domini 1656.»

Polo, un mese prima, era morto colpito da palla francese, a Mentana!

E così al martire del razionalismo militante si rapiva dall'iniquità degl'invidi e dei tristi la gloria di libero pensatore!

FINE.